ダッシュエックス文庫

クオリディア・コード３

渡 航（Speakeasy）

あたしはこの世界があんまり好きじゃない。

……別に嫌いなわけでもないけど。

めんどくさくて、意味わかんなくて、かったるくて、どうでもいい。たったひとつのこと、たったひとりのことを除けば本当にどうでもいい。……他のことにはあんまり興味もないし。

最悪二人きりでもなんとかなるっちゃなるし、今までもずっとそうだったから、ずっとこのままでもいいんじゃないかなって思ってる。

けど、お互い大切にしてることってたぶんそれなりにあるし、それをぶっ壊してまで全部あたしにちょうだいって言うのは、なんかすごく嫌。

頼んだら、ほんとに全部くれてしまいそうだから嫌。

代わりにあたしがあげられるものなんて何もないって自覚してしまうから嫌。

だって、あたしの持ってるものってひとつだけだし。

だからこれだけは誰にも渡せない、譲れない、譲る気もない。奪おうとする人がいるなら絶対に許さない。

こういうのも絆って言うのかなって冗談っぽく言ってみたことがある。それを彼はいつもみたいにへらへら笑って、むしろ愛だな、なんてバカみたいなこと言ってたけど。

でも、その後、すごく悲しそうに呟いた。絆は絆《ほだ》しとも読むとかなんとか。

それを聞いたあたしは悲しかったとかショックを受けたとかそんなんじゃ全然なくて、意味わかんないバカじゃんって言いながら、心のどこかですっごく納得してしまった。

きっと彼は自分のことをあたしの足枷みたいに思ってたんだって薄々気づいてしまった。そうなるのが嫌でいつも頑張ってるんだってようやくわかった。

そうやって彼があたしをこの世界に繋ぎ止めてくれている。彼がいないなら、あたしはこの世界からとっくに離れてしまっていると思う。

だから本当はあたしのほうが彼の足枷なんだ。

けどまぁ、だから何って話。

ぶっちゃけ今更じゃない?

あたしと彼はお互いに足枷で繋がれてる。

触れていればあったかくて、離れてしまうとちょっと寒い。

だから、あたしの世界はそういう世界。

めっちゃ簡単な話じゃない?

#09 反獄のイデア QUALIDEA CODE

世界が終わる日も、朝はいつもと変わらずやってくる。

そのことを千種明日葉《ちぐさあすは》は知っていた。

それは彼女の経験則であったといえるし、記憶そのものでもあった。事細かに思い出すことは難しいが、確かな実感として彼女の中にあるものだ。

あの時も、明日葉の傍《かたわ》らには彼がいて、淡い体温を確かに伝えてくれていた。壊れた世界に一人きりだと思った朝に、そっと手を握ってくれた。

だから、世界が終わる日はそんな温かな微睡《まどろみ》とともにあることを明日葉は夢見心地の中で知っていたのだ。

そんな夢と現《うつつ》の境が交じり、今と過去とが入り乱れて、朝の光が明日葉の瞼《まぶた》を差す。

いつの間にか眠ってしまっていたベッドからそっと抜け出して、一度大きく伸《ぬ》びをした。ついでに、くあと小さな欠伸《あくび》をすれば、それで名残惜《なごりお》しく離れがたかった温もりとも別れを告げられる。

隣にはかすかな寝息があったが、その頬を軽くつついてみると、思いのほか元気そうなむにゃむにゃ声が返ってきた。

それに「バカじゃゃん平和すぎ」とひとりごちてほんのり笑みを浮かべ、ぱたぱたと朝の支度に入る。

まずは自分が寝ていた痕跡を消すために、掛け布団をいそいそと直し、目覚まし時計のアラームを少しだけ遅らせ、寝ている間に広がってしまった髪を手櫛《てぐし》で撫《な》でつける。

それから、あ、と思いついて窓辺へと向かい、カーテンをしゃっと開け、怪我人《けがにん》の寝室に生温く凝《こご》っていた空気を循環させるため、窓もからりと開け放つ。

少し冷たいぐらいの外気がパジャマ越しの肌に心地いい。

押し付けがましくない程度の柔らかな陽射《ひざ》し。通学路を往《い》く制服姿の少女たち。人類の未来が危ういことさえ忘れそうになる長閑《のどか》な朝だった。

二階の窓から千葉《ちば》の住宅街を見下ろしながら、明日葉は聴くともなく聴こえてくる女生徒らの話し声の中に、ふと既知《きち》の名前を拾った。

「大國《おおくに》さん、内地に栄転だって」

「なんかやらかして除籍って話じゃなかった？」

「なんでもいいけどさ、羨《うらや》ましいね。私も逃げられるなら逃げたいよ……」

「うん、戦うとか、もう……」

少女たちの疲れきったような背中が遠ざかり、その声は明日葉の可聴範囲から外れていった。それでもしばし窓辺で立ち尽くしている明日葉の表情には、形容しがたい幾重《いくえ》もの感情が入り混じっている。

医務官・大國真昼《まひる》が湾岸防衛都市から姿を消した。その事実はすでに生徒たちも知るところとなったが、しかし真実までは伝わっていなかった。彼女が人ならざる異形《いぎょう》の身だったことも、一人の学生を殺《あや》めようとしたことも、そして返り討ちに遭《あ》って遺骸もろとも焼き尽くされたことも。

すべてが不思議なほど有耶無耶《うやむや》に秘されていた。

ぼうっと、しばしの間考えながら、明日葉は無意識のうちに指先を動かしていた。

明日葉の指にはまだ引き金の感触が残っている。

あのとき現場には監視カメラが設置されていた。それでなくとも医務官が一人忽然《こつぜん》と消え、その私室からは不審な火災事件が発生しているのだ。管理局の大人たちが何も知らぬはずはない。しかし、一夜明けても二夜明けても、いま当局が事態の追及に動きだす様子は見られなかった。

白々しい日常を演じるような朝の街に背を向け、明日葉は今、目の前の現実に向き直る。

すると、眠っていたベッドの主《あるじ》が半身を起こしていた。

普段なら起きていても寝ぼけ眼《まなこ》だというのに、今日は寝起きすぐにもかかわらず、彼の瞳にははっきりと生気がある。

明日葉とおそろいのパジャマに身を包むは千種霞《かすみ》。

そのパジャマを半ば冗談交じりで勝手に買ってきたときは性質《たち》の悪いにやにや笑いを浮かべていたはずだが、その表情も今は訝《いぶか》しさと不可解さとで引き締まっている。

霞は右の掌で顔の半分を覆《おお》い、忌々《いまいま》しげに小さな息を吐く。その様子を見ると、明日葉の声音《こわね》も自然、気遣《きづか》うようなトーンになった。

「……お兄《に》ぃ、どう？」

窓辺を離れて明日葉は怪我人の傍らに寄った。

ベッドサイドには食料や日用品、武器弾薬、様々なものが混沌《こんとん》と並んでいる。起きたばかりの霞は眼帯を外して、それらを注意深く検分しているようだった。掌を使って右眼を塞《ふさ》いだり開いたり、その動きを何度か繰り返している。

霞の視界の中で、赤い景色が明滅する。瞬《まばた》きをするその刹那《せつな》、名状しがたい冒瀆《ぼうとく》的な異形の姿を見つけた気がした。

やがて得心《とくしん》がいったのか、霞は不安げな妹の問いに不敵な苦笑で応《こた》えた。

「ああ、視力自体がどうにかなったわけじゃないらしい」

言いながら身体のあちらこちら、包帯が巻かれた箇所を確認するように触れてゆく。肩口から上腕、胸元、関節部。やがてその手が首筋へ至ったとき、霞の表情に小さな苦悶《くもん》が浮かんだ。

「……っ」

ちょうどコードが植え付けられているあたりにちりっとした痛みが走った。顔をしかめると、引き攣《つ》れるように視界も歪《ゆが》む。

赤い世界……。いつかどこかで見たことがあるような色に、霞は呆然《ぼうぜん》とする。

「ど、どうかした？　だいじょぶ？」

椅子に腰を下ろしていた明日葉は瞬時に立ち上がりかけたが、霞がそれを制して頭を上げる。

「いや、なんでもない……。それより、大國の件、どういう扱いになってた？」

眼帯を拾って右眼に掛けながら訊《たず》ねると、明日葉は腰を浮かしたままの姿勢で顔を曇らせた。ふうと息を一つ吐いて座り直す。

「内地への異動とかそんな感じになってるぽい。あたしらも特に呼び出されたりしてなかった」

霞が昏々《こんこん》と眠っていたここ数日、それこそ薄氷《はくひょう》を履《ふ》むような思いで明日葉は過ごしていた。だが、大人たち……つまりは朝凪《あさなぎ》と夕浪《ゆうなみ》に代表される管理局側にも、また生徒たちにも目立った動きはなかった。

特筆すべきことと言えば、先ごろから生徒たちの中でまことしやかに流れている大國が異動したという噂《うわさ》だけだ。

どういった経緯《いきさつ》でそんな話になっているのかはわからない。放逐《ほうちく》されるというなら本来は明日葉と霞こそがそうなるはずだ。その場合には、明日葉は実力行使を伴って霞と二人、どこかへ逃亡することも視野に入れていた。

だが、現状そうはなっていない。

訝しむように言う明日葉に霞はしばし押し黙った。自分でも気づかぬうちに、指先が自分の唇をなぞっている。

どこかの誰かが情報を操作したのか、事の次第は明るみに出ていない。そうした情報工作自体に不思議はない。軍事的要素を多分に含む組織では当たり前のことだともいえるし、管理官級の重鎮《じゅうちん》である大國が首席に抹殺《まっさつ》されるなどという事態は最大級の不祥事《ふしょうじ》だからその事実が隠蔽《いんぺい》されるのは納得がいく話ではある。

しかし、明日葉と霞に対してなんのアクションもないのは不可解としか言いようがなかった。事実の隠蔽はするにしても、他の名目をつけて霞と明日葉を処分するのが妥当《だとう》なはずだ。

そうしなかったのは、誰かの思惑《おもわく》、意思が介在しているからだろう。その意図は……と霞が考えていると、傍らから不安げな吐息《といき》が聞こえた。

ふと目をやれば、眉尻が下がった明日葉の顔がある。それに軽い笑みを返して、霞は話を打ち切る。ここから先は自分で考えればいいことだ。明日葉を付き合わせる必要はない。

「……そうか。とりあえずお前はいつも通りにしててくれ」

「うん……」

明日葉はそう答えたものの、表情にはありありと不満が浮かんでいる。まったくもって得心がいかぬという顔に霞は苦笑する。

腹芸は苦手な妹だ。感情が見えづらいようでなかなかにストレート。低温度な割に直情径行だから何をするかわからない。先が見えない状況だからこそ軽挙妄動《けいきょもうどう》は避けなければならない。霞自身状況を摑めているわけではないからこそ、明日葉には噛んで含めるように言っておくべきだ。

霞は立ち上がりかけた明日葉の手を摑んで引き寄せる。その勢いで明日葉はたたらを踏み、そのままベッドに倒れこみそうになった。

「ちょっ！　い、いきなり、なに……」

不意打ち気味に取られた手と急に近づいた霞の真剣な瞳。霞の掌から伝わる体温にもまして、明日葉の胸の内からかっと熱が湧き出る。それが顔にも出てしまっていそうで、明日葉はつい顔をそむけてしまった。

だが、霞はそれを許さず、明日葉の肩をがしっと摑むと正面に向き直らせた。いつもよりずっと落ち着いた、大人びた声音は明日葉の耳にしっとりと入ってくる。

「明日葉、よく聞け」

「は、はい……」

囁《ささや》くような声がまるで二人だけの秘密の睦言《むつごと》のようで、明日葉は身体を強張《こわば》らせた。常にない緊張感をはらんでいるせいで、先に続く言葉を聞くのが怖くもあり、混乱もしていた。とくとくと心臓が早鐘《はやがね》を打っている。――今なに着てたっけ。制服？　いやパジャマだし。え？　で？　その下は？

驚きのせいで埒《らち》もないことを考える明日葉に霞が低い声で続ける。

「いいか。管理官たちは信用するな」

言われた瞬間、明日葉の思考が完全に止まった。そして、すーっと頭と頬の血が引いていくのが自分でもわかった。冷静になってくると、さっきまでの混乱が恥ずかしくなってきて、明日葉はことさらに不機嫌そうに返す。

「……は？　どういうこと？」

その言葉にはいくつか意味が内包されている。霞の言葉の意味と行動の意図とどちらもさっぱりわからなかった。ぶっきらぼうな口調と胡乱《うろん》な目つきで問われて、普段なら混ぜっ返すはずの霞だが、今は真面目《まじめ》な態度を崩さない。

「俺にもまだよくわからん。……けど、俺が殺されかけたのは事実だし、この件も隠蔽されてる……。警戒しとけ」

「う、うん……」

霞の真剣な勢いに圧《お》され、明日葉もよくわからないながら頷《うなず》くほかない。が、ずっと肩を抱かれていることにはっと気づくと、逃げるようにさっと振り払った。

「き、着替えてくる！」

まだほんのりと色づいている頬をぺちぺちとはたきながら、ぱたぱたと部屋を出ていく明日葉を微笑み交じりに見送って、霞は小さく息をついた。

その視線は気づかぬうちに窓の外へとやられている。

そっとベッドから立ち上がると、窓辺へと立った。

今日の天気は快晴……のはずだ。少なくとも片目で見る分にはそう映っている。しかし、眼帯を外して見ればどうだろう。

それまで青く晴れ渡っていた空は、いつかの夕焼けにとてもよく似ていた。すべてが終わってしまったあの日の空に。

「この世界は、偽物《にせもの》。か……」

凛堂《りんどう》ほたるが残した言葉を、霞は呟《つぶや》いた。

× × ×

自室へと戻った明日葉はまだ赤いままの頬をぱたぱたと手で煽《あお》ぎながら、するりとパジャマを脱いだ。クローゼットにかけてある制服を手にしてから先ほどの霞の言葉の意味を考える。

——結局、なんだったんだろ。

言われたことの意味、それ自体は明日葉にも理解はできた。理解できなかったのは、言葉よりも行動だ。

なんで手握ったの、なんで肩掴んだの、ていうか顔近くない？　意味わかんない……。ぶつぶつと口の中だけで呟きながら、ぐるぐる回る思考をよそにほとんど機械的に着替えを終えていた。

最後に姿見の前に立って確認をする。

上から二つ目のボタンまで開けたブラウスにしゅるりと緩《ゆる》くリボンタイを締めればそれで終わり……と思ったが、一瞬考えなおしてスカートをいつもより一つ余計に折り返して丈《たけ》を調整した。

ゆるゆるすかすかだぼだぼの胸元にはどうにも自信がないが、脚はなかなかのものだと自負している。ちょびっとスカートをつまんでかるーくターン。ふわりと広がる裾《すそ》から伸びる太もものラインに満足して、明日葉はふむっと微笑んだ。そして、微笑んだのちに、鏡に映る自分の得意げな笑みを見てまた顔を赤くした。

「なにしてんのあたし……」

バカじゃんと自嘲《じちょう》してクローゼットを勢いよく閉めると、明日葉は愛銃とホルスターを手に、リビングへと向かった。

はぁと深い溜息が出る。

どうにも調子の狂う朝だ。

ソファに立て膝《ひざ》で腰かけて、太ももにホルスターを装着した。

千葉校戦闘科の中でもこのタイプのホルスターを使っているのは明日葉だけだ。通常のホルスターは腰やお腹《なか》回りが収めた銃で膨《ふく》らんでしまい服のシルエットが崩れてしまうのが気に入らなくて、わざわざ特注で作ってもらった。

戦闘中にそんなところを見ている者はいないので、本来なら気にする必要がないのだが、たった一人、戦場にあっても常に視線を向けてくる人間がいるのだから仕方がない。

乙女の戦闘服には必要な仕様だったのだ。もっともその効果のほどは発注者の明日葉にもいまいちわからないのだが。

それでも乙女のたしなみとして、武装は念入りに行わなければならない。備えあれば患《うれ》いなし、鬼に金棒、虎に翼、セーラー服には機関銃なのだ。

常在戦場の気持ちでどうたらと座学の時間に言われたことはあながち間違いでないことを明日葉は今、身をもって痛感している。

――さっきのは不意打ち、ノーカン、やっぱなし。いきなりで驚いたからちょっと動揺しただけ。だから心の準備さえしていればなんてことないはず。

そう結論付けて、小さく溜息を吐いた。

未《いま》だ火照《ほて》ったままの頬を不機嫌そうに膨らませて、明日葉は仕上げとばかりにホルスターの留《と》め具をぱちりと嵌《は》める。

と、その音に交じって、霞の寝室のほうからどさっという物音が聞こえた。

「お兄ぃ？」

反射的に振り返り、呼びかけていた。

もしかしてベッドから転げ落ちでもしただろうか。

あの兄ならそれもありうる。それはそれでウケるなーなどとやや失礼なことを思いながらも、思考とは裏腹に明日葉はぱたぱたと急ぎ足でそちらへ向かった。

ノックもそこそこに、声をかけながら霞の寝室へと入る。

「ねぇ、今なんか……って何してんのお兄ぃ！」

扉を開いた先では、ちょうど霞が制服のジャケットに袖を通していた。まだ身体が痛むのか、ぐっと顔をしかめている。明日葉は思わず駆け寄って、ジャケットの肩を持って羽織らせる。

「ああ、悪い」

「うん、いやいいけど……」

あまりにも自然に言われたせいで、明日葉も常と同じように返してしまう。だが、言った後ですぐに気づく。よくない、全然よくない。

「ていうかどっか行くつもりなの？」

言外にちゃんと寝てろと伝えたつもりだが、霞はそれを知ってか知らずかいつもと同じくひようひょうとした態度でそれを受け流した。

「やばそうだからバックレる」

「……は？」

予想外の言葉に明日葉の思考が一瞬止まる。や、何言ってんの？　全然意味わかんないんだけど。ていうか意味わかんないんだけど。むしろそれ意味わかんなくない？　ウケる。いやウケないから。後に続く言葉はいくらでも出てきそうだったが、それを口にする前に霞は着々と準備を進めていた。

「しばらく頼む。俺のこと聞かれたらしらばっくれろ」

言いながら、ベッド下からライフルケースを取り出し、中身を確認し始める。

明日葉はその背中を見つめて、不機嫌そうにう～っと小さな唸《うな》り声をあげた。

千種霞は大事なことほど言葉が足りない。いつもは余計な一言、無駄な二言、おまけに三言と愚にもつかないお為《ため》ごかしをへらへら笑いでこれでもかと言うくせに、本当に伝えてほしいことは口にしてくれない。

だから、明日葉は霞の言葉や行動の意味を考えなければならなくなる。しかし、霞の冗談めかした言動はいつもわかりづらいうえに笑えないことも多くて、明日葉は考えるのを放棄《ほうき》することも多い。

だが、今は状況が特殊なだけに、その行動の意図はかなり限定的だ。おかげで明日葉にもわかりやすい。

　おそらく霞と明日葉が大國を抹殺したことは管理局側も把握しているはずだ。今はまだ手を回してきていないが、それも時間の問題だろう。そのうち適当な理由をつけて二人を処分するための準備が着々と進められているに違いない。その処理に時間がかかっているのか、はたまたこちらを油断させるためなのかはわからない。おかげで明日葉も戸惑ってしまい、どう動くべきかわからずにいる。

　だからこそ、霞は今このタイミングでひそかに仕掛けるつもりなのだろう。

　あえて自分が姿をくらませることで、逆に霞へと注意を惹《ひ》く作戦か、あるいは本当に言葉の意味そのまま、単純に逃げる算段をつけているのかもしれない。前者が七割、後者が三割ってところかなと明日葉はあたりをつけるが、霞本人に聞いたりはしない。聞けば、霞は逃亡十割とへらへらゆるゆる笑いながら答えるに決まっている。

　けれど、霞が明日葉のためにならないことなどするはずがない。その確信が明日葉にはあった。

　戦闘が好きでもなければ得意でもない霞が、普段は持ち歩くことさえしない銃をわざわざ用意しているのだ。その一事をとっても霞の覚悟のほどは知れる。

　霞の後ろ姿を見つめながら、明日葉は浅く唇を噛んだ。言っても意味がないと知りつつも、ぽしょりとこぼす。

「なら、あたしも一緒に行く……」

「駄目に決まってんだろ。お前は現状最大戦力、防衛の要《かなめ》だ。だからこそ向こうだってお前には安易に手を出してこない」

霞は明日葉のほうを振り向くこともなくそう言うと、ケースの中を確認してぱたんと閉じた。振り返り、ハンドガンの調子を確かめるように手に取るとベルトにねじ込む。

そして、ようやく明日葉の不安げな表情に気づいた。

伏せられた長い睫毛《まつげ》、引き結ばれた柔らかそうな唇、そわそわと揺れる赤みがかった長い茶髪、しゅんと落とされた細い肩、こちらへ伸ばしかけていたのに引っ込められてしまった小さな手。

その仕草が子供のころと同じだったせいで、霞は懐《なつ》かしさと愛《いと》おしさで胸が締め付けられる。可能ならひと時たりとも離れたくはないが、霞の至上命題かつ存在意義は明日葉を守ることその一点にある。

世界が終わったその日に誓ったのだ。

だから霞はそのために最も可能性が高く、そして最も効率が良い手を模索《もさく》する。自身を囮《おとり》にして相手の出方を窺《うかが》うことも厭《いと》わない。いざ攻勢に回るタイミングがやってきたときのために情報を集めたって構わない。いざとなればその手を汚すことも躊躇《ためら》わない。

そのことを明日葉に理解してもらおうとは思っていない。詰《なじ》られても恨《うら》まれてもいいのだ。

ただ隣にいてくれればいい。

霞は明日葉の頭にぽんと手を乗せ、微笑む。

「……お留守番、よろしくな」

「……うん」

唇を尖《とが》らせながらも、明日葉はしぶしぶ頷く。

他にどんな返事ができただろうか。

だって、それはずるい。

そんな泣きそうなくらいに優しい微笑みも、昔よりも大きくなった温かな手のひらも、耳朶《じだ》を打つ蕩《とろ》かすような柔らかな声音も、全部全部卑怯《ひきょう》だった。

だから、明日葉は自分も少しずるいことを言うのだ。

「でも、お兄ぃがいないと戦闘とかあったら、困る……」

甘えるように、ぽしょぽしょと囁いた。明日葉なりの精いっぱいのわがままだ。

だが、霞は明日葉の想いを知ってか知らずか、破顔《はがん》してそれをさらりと受け流す。

「八重垣《やえがき》とうまく連携しろ」

「いや無理でしょ。あの子とうまくやるとか絶対無理なんだけど」

受け流されてかちんとくるより早く拒否反応が自然と零《こぼ》れ出た。さっきまでの殊勝《しゅしょう》な態度は一気に消え失せ、明日葉は真顔になって、胸の前でぶんぶんと手を振っている。言うに事欠いて何を口走っているのこの愚兄《ぐけい》、ていうかなにさらっとメガネの名前だしてんのなんなの付き合ってるの早く別れないのなんなのあのメガネと言わんばかりだった。

そんな圧をひしひしと感じながら霞は苦笑するほかない。

霞自身、千種明日葉と八重垣青生《あおい》の相性の悪さは把握している。というより、明日葉と相性がいい人間のほうが珍しいということを充分に理解している。気まぐれな野良猫のような明日葉と仲良くできるのは底抜けに人の好《い》いアホの子か飛びぬけて無関心な鉄面皮《てつめんぴ》、あとはずば抜けて心が広くいっそ心がないのではと疑うほどに器《うつわ》のでかい最強のバカくらいだ。忠実な愛玩犬めいた八重垣青生は明日葉としても苦手な部類になるだろう。

青生にしたって、明日葉とはやりにくかろう。

自由奔放《ほんぽう》で無責任かつ無頓着《むとんちやく》な明日葉を補佐できるのは同じくらいちゃらんぽらんでその場しのぎ……もとい臨機応変な霞くらいだと自負している。その点、謹厳実直品行方正な優等生タイプの青生ではやり方に食い違いが生じるに違いない。

不肖《ふしよう》の妹のことで他人様《ひとさま》、それも霞的に「いい人」カテゴライズされる人に迷惑をおかけすることはやや心苦しい。となれば、霞の選択肢は一つしかない。迷惑をかけてもまったく心が痛まない人間に押し付けることだ。結論付けて霞はしばし考える。

――アレに借りを作るのは癪《しやく》だが、アレ相手ならその借りを踏み倒してもさして気にならない。……なにより、あれでなかなか面倒見がいい。頼まれたら嫌と言わないどころか居丈高《いたけだか》に頷いて、いけしゃあしゃあと指示を出し始める男だ。こと戦闘などの局面では頼りになる。アレに頼るは恥だが役に立つ。役に立つならとりあえず使うのがエコってもんでしょ。ほかに任《まか》せられる奴がいないんだから消去法で致し方なし、うん。

心中でぶつくさ言いながら、霞は頰を搔く。言うべき答えは決まっているのだが、それを素直に言い出すのも面映《おもは》ゆい。

「……じゃあ、あの勘違いヒーローをうまく引っ張り出せ」

言うと、明日葉がうぇーっと嫌そうに口を開いた。

「えー……」

「なに、そっちも嫌なの？」

君、結構《けっこう》えり好み激しいよね……とやや呆れながら言うと、明日葉はふーっと疲れたような溜息《ためいき》を吐《つ》いた。

「だってあの人、今、何考えてんのか、さっぱりわからんし」

聞いて、霞は思わず笑ってしまった。

——そうか、普通はわからんよな。

そんな妙な感慨《かんがい》がふとよぎる。霞からすればあれほどわかりやすい人間もいないのだが、余人からするとそう見えるものらしい。

「まぁ、あいつ頭良いぶってるけど普通にバカだからな」

「そうそう」

ふんふん頷く明日葉に、霞はちょっと大人びた微笑みを向ける。

「……だから、逆にな、一つだけ言っとけ」

霞にとっての真実を、明日葉にそっと耳打ちする。千種霞にとっての朱雀壱弥《すざくいちや》の真実を。

「……へ？」

それが意外だったのか、聞いた明日葉はぽけーっと口を開けて小首をかしげる。霞はほのかに赤くなった頰を隠すようにさっと顔をそむけると、机の上のライフルケースを背負い、素早く窓辺へと移動した。

「後のことは任せた。何かわかったら連絡する。お前も気を付けろよ」

「え、あ、ちょ」

明日葉が止めるのも聞かず、窓をがらりと開け放って、霞はそのまま飛び出した。窓から身を乗り出してみれば、小走りで遠ざかっていく霞の後ろ姿が見下ろせる。

「普通にドアから出ればいいのに……。バカじゃん」

拗《す》ねたように呟いて、明日葉はいつまでもその背中を見送っていた。

×　×　×

閑散《かんさん》としたビル群にはおよそ命の息吹《いぶき》というものが感じられなかった。

海辺にほど近い立地だというのに妙に乾いた風が吹き、かさかさと音を立てて砂塵《さじん》が巻き上がる。

かつては瀟洒《しょうしゃ》なタワーマンションやタワーレジデンスが立ち並ぶ高級住宅街だったのだろう。陽光のきらめきを照り返す鏡めいたガラスや、ボロボロに朽《く》ちた大理石、ひび割れて雨が染《し》み込んだ打ちっぱなしのコンクリート、折れてむき出しになった鉄骨に在《あ》りし日の面影《おもかげ》がしのばれる。あと数十年もすれば、浸食される海岸線に飲み込まれるか、あるいは瓦礫《がれき》と舞い散る埃《ほこり》に埋もれてしまうのかもしれない。まがうかたなき廃墟と言えた。

その廃墟群の中にあって、目新しい崩落が目立つ建物がある。上層階の部分は火災のせいかガラスが融《と》け、外壁も煤《すす》けている。

数日前にも訪れたその場所へ向けて、霞は歩みを進めた。

シンと静まり返った廃墟群にかつかつと足音が響く。

周囲を窺って、霞は踵《かかと》を鳴らして一際《ひときわ》大きな音を立てると、耳を澄ました。音の波は地面を這《は》い、空気を伝い、壁に当たって戻ってくる。

霞の〈世界〉はその気になれば人外の可聴域の音でさえ聞き取ることができる。反響定位によって距離や方向、敵の位置を知ることはさして難しくない。

「周囲に敵影《てきえい》なし……」

確認がてら呟いて、霞はまた歩きだす。

目指す場所はひとつ。大國真昼がいたあの部屋だ。

ぶち破られたドアから中へと入る。

リビングは生活感がまるでない。そもそも家具や日用品の類《たぐい》が驚くほど少ないのだ。内装それ自体はショールームのような高級感があったが、それも今は煤けてしまっていて、見る影もなかった。かつての部屋の主《あるじ》は影さえも残すことなく、この世を去っている。

この空《から》っぽの部屋には何もない。

となれば、探すべきは別の部屋だ。隣の部屋、おそらくは書斎にでもしていたらしい一室のドアを開けた。まず目に飛び込んできたのは簡素なデスクと革張りのチェアーだ。こざっぱりとしたワーキングスペースには飾りけはなく、あくまで機能性だけが求められていたことがわかる。見回してみても書棚やサイドボードの類はなく、ここを使っていた人物像はまったく見えてこなかった。

目立つものといえば、壁に掛けられたディスプレイとデスクの上にひっそりとおかれた卓上端末くらいだ。ほかに余分なものがない以上、この部屋はただ単に実務のためだけに存在していたのだろう。

であるならば、大國真昼が実務上知りえた情報はここにあると思っていいはずだ。霞はデスクの椅子を引くと端末をかたかたといじり始める。とはいえ、さほどの期待はしていなかった。

いくら都市次席といえど、管理官級が持つ情報にそう簡単にアクセスできるはずもない。実際、この端末に残されたファイルやアクセスできるページを浚《さら》ってみても育成計画だの防衛白書だのといった文字面《づら》のものしか見当たらなかった。

「それらしい情報はなし、か……。ロックが掛けられてるデータもない」

雑務をこなしているときの癖《くせ》で、霞はぶつくさ言いながら、ファイルを開いては閉じしていた。開くことのできるファイルは粗方《あらかた》開き、それらをつぶさに見ていたがやがて諦《あきら》めがついたように霞は大きく息を吐いた。

「……当然か。ロックなんてかかってたら何かを隠してます見てくださいって言ってるようなもんだ」

伸びをすると、椅子のスプリングがぎしと鳴る。ずっと画面を見つめ続けていたせいか、肩が凝《こ》ってきた。そのまま背もたれに体を預けてぎっこんばたんと椅子を揺らす。さながら安楽椅子に揺られる探偵の如《ごと》く、ぶつぶつ言いながら考えをまとめようとした。

「だとすれば……、隠すべき情報はスタンドアロン。どこにもつながらないものに隠されているはず……。そうなると調べるべきは端末じゃなくて……」

指先でかつかつと机を叩き、椅子をギシギシ鳴らす。

と、その音にかすかなノイズが混じっていたことに気づいた。いや、ノイズではない。音の反響の仕方に妙な違和感がある。その違和感の正体を探ろうと、霞はくるりと椅子を回して立ち上がった。

　そして、靴音高く部屋の中を歩き回る。かつ、かつ、という足音が響き、そしてとある一カ所、壁の奥へと吸い込まれていることに気づいた。

　その壁の前で立ち止まると、霞は思わずにやりと笑ってしまった。ぐっと押してみればあにはからんや壁がすっと動き、隠し扉が出てくる。それを開けば、ドサドサと大量の書類が落ちてきた。

「今時、紙資料とかマジかよ……」

　うえっと低く唸《うな》りながらも、それらの書類を抱《かか》え、デスクまで運んだ。積み上げた紙の山を一枚一枚検分していく霞。何か重要なことでも書いてあるのかと、期待して見ていたがその表情がすぐに曇った。

　どこかで見たような文字列や図式に写真。だいたいが今しがた確認していた情報とそう大差がない。舞姫《まいひめ》やほたるらをはじめとする生徒たちの身体データや戦闘記録といった首席次席レベルであれば問題なく閲覧《えつらん》できるようなものしかそこにはない。

　これもはずれか……と思うと、どっと疲労が押し寄せてくる。ましてや今の霞は眼帯のせいで片目で文字を読み続けている。慣れていないと存外疲れるのだ。

　霞は眼帯を外して、目元をぐしぐしと揉《も》んでからまた資料に視線を落とした。

　瞬間、世界が歪んだ。

立ちくらみにも似た感覚に、胃の腑《ふ》から中身がせりあがってきそうだった。いまだ霞の両目は本調子ではなく、視界は常に重なっている。

正常な世界と赤く濁《にご》った世界。

それがひどく気持ち悪くて、霞は急いで瞼を閉じる。だが、その瞬間、思わぬ文字が目に飛び込んできた。

「適応係数……、浸食率？　これは……」

それまで、通り一遍《いっぺん》な情報しか記されていなかった書類に、今はまるで違う内容が書かれていた。赤黒く淀《よど》んだ世界にだけ躍《おど》る文字。舞姫のデータにもほたるのデータにも、その不穏な項目は存在している。

「……なんだこれ」

口の中だけで小さく呟いて、霞は片目を手で覆う。何度か繰り返してようやく得心がいった。どういう理屈かまではわからないが、どうやらこの目だけが見えている世界があるらしい。いや、視力それ自体に支障があるわけではないから、眼球や網膜の機能の問題ではないはずだ。であるならば……。

霞は視界が歪む不快さに吐き気を堪《こら》えながら、また別の資料に手を伸ばしていた。その間も思考が止まることはない。

凛堂は俺に何と言った？　なぜあいつはスコープを壊した？　コードが削《けず》られても〈世界〉

を使うことができたのはなぜだ？　ニセモノとは――。

霞は手に触れた資料を片《かた》っ端《ぱし》から読み進めた。一枚読むごとに、ピースがかちりかちりと嵌《は》まっていく。

傷病兵《しょうびょうへい》の手続き記録にはマナプラントでのエネルギー変換効率のデータが付記され、戦果のポイントの数字は適応率に変わり、コード移植施術の論文には拒絶反応について追記がなされていた。さらに人体実験データには無残に切り開かれ切り取られ切り刻まれたナニカの画像が貼付《てんぷ》されている。

書かれていることの詳細まではわからない。専門的な用語も多く見受けられたし、いくつか欠けてしまっている資料もある。

ただ、これが指し示す意味はわかった。理解できないという一点においては確実に理解した。これは狂気の記録だ。この世の出来事とも人間の所業とも思えない凄惨《せいさん》な記憶だ。

霞はさらに別の紙資料に手を伸ばそうとするが、その手が一瞬止まり、躊躇う。これ以上読み進めれば、きっと恐ろしい真実に辿り着いてしまう。

嫌な予感に心臓が軋《きし》みを上げて早鐘《はやがね》を打った。

目を閉じる。静かに息を吐く。震える手に力を込める。愛《いと》しい者の名を心中で呟く。

そうやって揺らぎかけた信念を再確認した。千種霞の世界はシンプルだ。たったひとつだけ大事なことがある。それを守るために彼の世界は存在する。

だから霞は決意とともに両目を見開く。

そして、その双眸《そうぼう》は真実を見定めた。

× × ×

蒼穹《そうきゅう》の下、海風が強く吹き付けている。湾岸部はかつての大災禍《だいさいか》や度重《たびかさ》なる戦闘で海岸線が何度も書き換わり、在りし日の姿をとどめてはいない。おかげで遮蔽物《しゃへいぶつ》はほとんどなく、海と空とを眺めることができた。

堤防の突端に座り風に吹かれている朱雀壱弥が見つめる先もまた、遮るものは何もない。果てのない空も限りない海も、朱雀の視界にはなかった。

朱雀が見ていたのは、ただ過去だけだ。宇多良《うたら》カナリアを失ったこの場所で、朱雀壱弥は過去だけを見ていた。

「カナリア……」

呟き声を風が攫《さら》っていく。その間際《まぎわ》、足元に置かれたノートがぱたぱたとなぶられた。何度も開いていたせいで折り目がついてしまったページがめくられる。そこに記されていたのは「つよくなる」というかつての誓い、果たされることのなかった約束だ。それが視界に入って、朱雀はぐっと唇を噛み締める。

「俺は……、お前を守るために強く、なろうと……。なのに……」

悲痛な表情を浮かべ、朱雀はノートを閉じて、一緒に置いてあったカナリアの帽子と一緒に胸に掻き抱《いだ》いた。今となってはこれだけが宇多良カナリアと朱雀壱弥がともに過ごした時間の証《あかし》だ。

朱雀の静かな慟哭《どうこく》はそれきり。後に続く言葉はない。吹き続ける潮風と寄せては返すさざ波の音だけが聞こえていた。

と、そこへ背後から近づいてくる足音が混じる。ローファーをつっかけるようなけだるげな足取りには覚えがあった。朱雀は振り返ることもしない。

「千種妹か……。何か用か」

「用なかったらわざわざ来ないっしょ」

ひょいと柵《さく》を飛び越えて、明日葉は朱雀の背後へと立つ。だが、それからなんと話を続ければいいのか、少し悩んで口をつぐむ。二人きりで話したことはあまりない。その上、以前よりもずっととっつきにくくなった相手だ。

「ていうか、朱雀サン……こそここで何してんの？」

そも相手を何と呼ぶべきか迷って妙なイントネーションになってしまった。その恥ずかしさをごまかすように、風にはためくスカートと靡《なび》く髪を押さえて間《ま》を取る。

明日葉は朱雀との距離の取り方がいまいちわからない。お兄ぃは普段この人とどうやって話してたっけ……と思い出し思い出ししながら、霞に倣《なら》って冗談めかして聞いてみる。

「ひょっとして暇《ひま》？」

「……兄妹揃《そろ》って口の利《き》き方を知らん奴らだ」

朱雀は鬱陶《うっとう》しそうに溜息を吐いてそう言うが、明日葉のほうを振り返りはしない。対話の意思は見えなかった。

こういう時、お兄ぃなら何か言い返してうまく話すんだろうけど……と、思いつつも、明日葉と朱雀はさして親しいわけでもない。言葉の接《つ》ぎ穂《ほ》を見つけられないまま、明日葉はとりあえず話を続ける。

「暇なら都市防衛、ちょっと協力してほしいんだけど」

「話の聞き方も知らんらしいな。おねだりなら貴様の兄にでもしていろ」

あまりに手前勝手な言い分にさすがに耐えかねたのか、朱雀は舌打ち交じりに言い放つと、ようやく明日葉のほうへ振り返った。その視線にはかすかな苛立《いらだ》ちが混じっていたが、しかし、明日葉の表情を見てそれも霧散《むさん》してしまった。

朱雀が見た明日葉の顔はやや悲しげに俯《うつむ》いている。

「お兄ぃは、……しばらく戻ってこらんないから」

「……霞が？」

問い返すと、明日葉はこくりと頷く。

あれだけ妹を溺愛《できあい》している千種霞が、妹にこんな表情をさせたまま放っておくとは……。そんな思いが朱雀の怪訝《けげん》な表情に見て取れる。

明日葉は風に靡く髪をくるくると指で巻いて、拗《す》ねたようにふいっと顔を逸《そ》らした。

「……だから、お兄ぃが戻るまでちゃんと守んないといけないんだけど。……でも、今結構やばいし守れるかわかんないから。手伝ってくれないかなーとか」

ぽしょぽしょと囁くように弱々しい声で言うと、朱雀のほうをちらと窺った。その不安げな顔を見て、朱雀は短い吐息を漏らす。

「そうか……」

言いながら、朱雀の視線は海の果てへと向けられていた。

その呟き声の奥底にある感情が何か明日葉にはわからない。優しげな響きであるようにも思えたし、無味乾燥なただの相槌《あいづち》のようにも思えた。だが、明日葉にはわからずとも、霞にはわかっているはずなのだ。それを思うと、朱雀の返事にわずかに期待してしまう。

しかし、返ってきた言葉はそれを裏切るものだった。

「俺には関係ないことだな。もう守るものもない。貴様ら兄妹の愛情確認に他人を巻き込むな。俺は勝手にやる」

声音は冷たく空虚。明日葉はむっとして朱雀を睨む。あの兄はこんな奴に何を期待していたのだろうと憤《いきどお》る。そして、兄の期待を袖にする目の前の男にも憤っていた。

「……あっそ。そうだろうね、あんたはカナちゃんのためだけに戦ってたもんね」

口を衝《つ》いて出た言葉は自分でも驚くくらいに刺々《とげとげ》しい。朱雀の肩がかすかに揺れた。

だが、反論はない。朱雀は言葉を詰まらせ、ただ海を睨むだけだった。そうするほかなかった。一体朱雀壱弥に何を言えたというのだろう。純然たる事実として、朱雀はカナリアのために戦っていた。そも誓いも約束も彼女のためだった。だから、正鵠《せいこく》を射《い》た明日葉の物言いに反駁《はんばく》する術《すべ》を持たない。

明日葉は朱雀へつまらなげに一瞥をくれて、その場を去ろうとする。

そして一歩踏み出したその時――。

『緊急警報、東京宙域二方向からのアンノウンの襲撃を確認。戦闘科の生徒は速《すみ》やかに各防衛ラインに集合してください。繰り返します……』

突如《とつじょ》、アンノウン警報が鳴り響いた。

舌打ちして、携帯端末を手にすると、明日葉に呼び出しがかかっている。イライラしながら端末をポケットに突っ込み、駆け出そうとした。

が、ふと思いとどまり立ち止まる。

まだ霞に教えられた言葉を伝えていなかった。伝えたところで何がどうなるとも思えなかったが、霞は確かに伝えろと言ったのだ。なら、それを口にせねばなるまい。

朱雀壱弥に失望したとしても、千種霞には絶望したことなどないのだから。

「……お兄ぃはあんたのこと本当のヒーローって言ってた。あたしには意味わかんなかったけど。……そう信じてるって」

　本当に、心底意味がわからない。だから、言葉の裏に潜《ひそ》むのは霞への信頼だ。明日葉が霞を信じているのと同じように、霞は朱雀のことを信じているのだと、その震える声音は伝えている。

　その言葉に朱雀ははっと振り返った。

「………………」

が、開きかけた口からは明瞭《めいりょう》な言葉は出ない。明日葉は答えを待つように立ち止まっていたが、やがて見切りをつけて走り出した。

　それを呼び止めることもできず、一人残された朱雀は歯噛みする。

「……何が信じてるだ。無責任なことを……、今更そんなこと……」

　苦し気に吐き捨てると、ぎりっと唇を噛み締めてそっとノートを撫でる。カナリアの帽子を胸に抱き、俯いた。

　何も残されていなかった伽藍洞《がらんどう》の心に、たった一言がすっと収まる。

「カナリア……俺は、それでも」

　呟いた言葉の続きは、声にはならない。ただ、空を睨み、再び立ち上がった雄々《おお》しい背中は何より雄弁《ゆうべん》だった。

× × ×

東京に置かれた臨時司令部では生徒たちが駆けずり回っている。

その中心で指揮を執《と》っているのは八重垣青生《やえがきあおい》だ。

大規模な防衛線では朝凪《あさなぎ》、夕浪《ゆうなみ》の両管理官が戦線を指揮するのが通例だが、今は折あしく両名とも障壁《しょうへき》の再構築と強化のために不在だった。

そうした時のために各都市の首席、次席には指揮権が与えられている。それは現在首席代行である青生も同様だ。

しかし、その指揮すべき手はぎゅっと不安げに制服の襟元《えりもと》を握ってしまっていた。

「観測された敵勢力はこれまでで最大。既《すで》に一次防衛線は突破されています！」

「そんな……」

指揮現場は混乱の中にあったが、オペレーターの生徒がコンソールを操作し、戦力情報を表示させる。

明晰《めいせき》な青生の頭脳は素早く戦況を分析する。冷静に、そして正確に。だからこそ、彼女の表情には絶望しか浮かばない。

青生の中で結論は出てしまっていた。現有戦力で勝てるはずがない。ましてや士気も低下している。それを鼓舞《こぶ》するだけのカリスマ性を自身が持ち合わせていない自覚もある。

神奈川《かながわ》においては天河舞姫《てんかわまいひめ》という絶対的な王者が君臨していたし、舞姫不在の時であれば優秀な副官である凛堂《りんどう》ほたるがその代行を過不足なくこなしていた。青生はむしろ彼女たちの補佐としてこそ、もっともその能力を発揮することができるのであって、陣頭に立っての戦線指揮は得手《えて》ではない。青生は司令塔としての機能は持ち合わせていても、心根の部分で向いていなかった。

青生は祈るような気持ちで空《あ》いたままの司令官席を仰《あお》ぎ見る。

そこへ明日葉《あすは》が駆け込んできた。

「状況、どんな感じ？」

息を整えながら額《ひたい》の汗を拭《ぬぐ》う明日葉に、オペレーターが深刻な表情を浮かべながら戦況を表示してみせる。真っ赤に染まった戦略図を見て、明日葉はうわっと小声で漏《も》らした。

「ここに来るのも時間の問題かと。どうしますか？」

生徒らが青生へ視線を向ける。オペレーターたちにとっては、いつも最前線で戦っている明日葉よりも、青生のほうが身近な存在だ。気心も知れていて、先ほどから苦境をともにしている青生に水を向けるのは自然な流れだったといっていい。しかし、青生はうっと言葉に詰まり、顔を俯《うつむ》かせる。

「ぼ、防衛線の立て直しを、お願いします……。その間に朝凪さんと夕浪さんに指示を仰いで……」

「は？　そんなの待ってらんないでしょ」

明日葉が青生の肩を摑んだ。すると、青生は唇を嚙んで明日葉を恨《うら》めしそうに見る。

「でも私だけの判断で攻撃に出るわけには……」

事務方出身らしい慎重な意見に明日葉は眉根を寄せる。防戦に徹するのは基本方針、戦略レベルでは間違っていない、だが、戦術レベルにおける指示としては不適当だ。

防衛しなきゃなのはそりゃそうなんだけど、一回殴《なぐ》っとかないとまずいでしょ……と明日葉は頰を搔く。明日葉はばりばり叩き上げの現場主義、臨機応変を旨《むね》とする武断派だ。その経験則が警鐘《けいしょう》を鳴らしていた。だが、それをうまく言語化することができずに、うーんと唸《うな》ってしまう。

これまでは明日葉の傍《かたわ》らには常に霞《かすみ》がいた。戦闘指揮のほぼすべてを霞に任《まか》せてきたし、何か事が起これば「お兄《に》ぃやばい」の一言だけで通じていたのだ。

今、明日葉が抱いている危機感も霞ならばちゃんと説明ができる。前《さき》の戦闘で自軍の戦力が大幅に低下していることは敵軍も察するところであり、然《しか》るにこのタイミングで最大戦力を投入してきている理由はこの一戦で勝敗を決する準備があるが故《ゆえ》に相違なく、これを無策で迎え撃てば如何《いか》に防戦に徹しようともいずれ押し込まれジリ貧になるのは明白。したがって、要衝《ようしょう》に精鋭部隊を送り込み、局地的にでも押し返して橋頭堡《きょうとうほ》たる地を確保し、自軍の士気をわずかなりとも上げ、かつ態勢を整えるだけの時間を稼《かせ》ぐ必要がある……と、それくらいのことは言ってのけるだろう。

しかし、この場に霞はいないのだ。戦術を考えるのも、それを他人に説明するのも自分でやらなければならない。

「はぁ……、あたし、こういうの苦手なんだけどなぁ……」

溜息を吐《つ》きながら、明日葉は戦略図に目をやる。口元に手をあて、うーんうーんと首をひねっていると、やがてぽんと手を打った。だいたいわかったかんぺきかんぺきと上機嫌に鼻歌交じりで青生に振り返る。

「よし！　とりまあたしが前線の敵を撃ちまくるから、後はよろしく」

「えっ、それはちょっと……」

「別に期待してないし、あたしの動きに合わせればいいから」

愕然《がくぜん》とする青生にひらひら手を振って、明日葉はささっとその場を去ろうとする。その服の裾《すそ》を青生が必死に引っ張った。

「そ、そんな無茶な！　せめてもっと具体的に！」

「……お兄ぃならできるのに」

小声で拗《す》ねたように呟き、面倒そうに青生から顔を逸らす明日葉。その言葉は誇張でもなんでもなく、紛《まぎ》れもない真実だ。霞なら明日葉の意図を察し、完璧に合わせてみせる。というより、そんな芸当は霞以外の誰にもできない。年がら年中四六時中年中無休で妹に夢中な兄だけができるのだ。

明日葉はこと戦闘に関しては天才肌であり、適当なことを言っているようであっても、その戦術眼に間違いはない。一方で、霞はこと妹に関してだけは天才肌なので、彼女の言わんとすることを即座に理解しただろう。

ディスコミュニケーションのフラストレーションがインフレーションを起こしそうになり、明日葉は不機嫌な子猫のように、ふーっと小さく唸って、扉へと視線をやった。早く来てくれないかな、とそんな淡い期待を込めて。すると、さながらイリュージョンの如《ごと》く、その扉が開いた。

「まったく千葉の連中はなぜこうも非論理的なんだ……」

呆《あき》れと嘆《なげ》きが入り混じった軽侮《けいぶ》の声音。だが、そこに空虚さや激情はなく、彼本来の冷静さが窺えた。その人物の登場に、司令部がざわつく。

「す、朱雀《すざく》さん……!」

ほっとしたような表情で青生が彼の名を呼んだ。この危機的状況にあって、彼の、朱雀壱弥《いちや》の帰還はその場にいる人々にとっての希望だった。皆が安堵の吐息を漏らす。ただ一人、千種《ちぐさ》明日葉を除いて。

「何しに来たの?」

厳しい表情で明日葉がそう問うと、朱雀は一瞬言葉に詰まり、悔やむように歯噛みした。ジャケットの胸元に差し入れたカナリアの帽子をきゅっと握り、静かに瞑目《めいもく》する。そして、小さく息を吐くと朱雀は目を見開く。

「……一度だけだ」

澄んだ瞳で明日葉を見据え、落ち着いた声音でそう言った。

「一度だけカスの言葉に踊らされてやる」

果たしてその言い様にどれほどの理があったろうか。聞く者のほとんどはそれの意味するところを理解しなかっただろう。ただ一人、ふっと小さく笑む千種明日葉を除いて。

しかし、意図そのものは伝わらずとも、朱雀の気迫は確かに伝わった。そしてその姿はかつてリヴァイアサン級を撃退した三校合同作戦を髣髴《ほうふつ》とさせる。その場にいる生徒たちの瞳に生気が戻り、ただじっと彼があるべき場所へと戻るのを待っていた。

視線を受けながら、朱雀はかつと靴を大きく鳴らして司令部中央に立つ。そこはあたかも朱雀壱弥のために用意されていたかのようにぴたりとはまる。

「前衛部隊は千種妹を中心に戦線を支えることに集中しろ。八重垣は後方部隊と避難誘導だ。いいな」

「は、はい」

冷厳な声音に、青生がはじかれたようにぱたぱたと駆けだす。それとは対照的に、明日葉は小揺るぎもせず、朱雀に胡乱気《うろんげ》な瞳を向けていた。不躾《ぶしつけ》な眼差《まなざ》しを朱雀が見咎《みとが》める。

「なんだ？　命令が聞こえなかったのか？　とっとと失せろ」

「あんたが一番前に出なくていいの？」

居丈高《いたけだか》な朱雀の言葉に返すのは、兄譲りの皮肉げな冷笑。試すようなニュアンスもどこか霞に似ていた。それを苦々しく思いながらも、朱雀が冷静さを失うことはなかった。

「無論、出る。……だが、まずはこちらの立て直しが先決だ。他に適切な指示を出せる奴もいないからな」

「ふーん。朱雀サンもできるか怪《あや》しいと思うけど」

「黙れ。貴様らよりはマシだ」

丁々発止《ちょうちょうはっし》の言い合いはいつだかのバカな男二人の姿に重なる。それに気づいた朱雀は忌々《いまいま》しそうに顔を逸らした。

くつくつと口の中だけで笑いながら司令部を後にする明日葉を舌打ち交じりに見送って、朱雀は胸元から帽子を取り出し、ぐっと抱いた。

一度だけ……。もう一度だけ。――この手に、力を。

「総員、出撃！」

振りかざした手とともに号令は放たれる。不死鳥の如く蘇《よみがえ》った英雄は我が身を焼いた炎を反撃の狼煙《のろし》に代えて戦場へと舞い戻った。

×　　×　　×

東京の旧市街地で銃声と怒号がこだましていた。耳をつんざくような爆発音と地響きが続く。天を仰げば蒼天《そうてん》を埋め尽くさんばかりに赤い光がひしめき、遠く海を見やれば寄せる波濤《はとう》の如く赤い津波がうごめいている。

あの日、天河舞姫と凛堂ほたるを失って以来、制空権も制海権も既に〈アンノウン〉に奪われていた。内陸を侵《おか》されるのも時間の問題だと言っていい。空に満ちた飛行型〈アンノウン〉からは白兵型〈アンノウン〉で編制された地上部隊も続々と投下されてきている。

応戦する生徒たちの顔に疲労が浮かび、それはやがて絶望へと色を変え始めていた。だが、彼らのインカムに凛とした声が届いた。

『戦闘科の皆さんは一般市民の方を守りながら後方へ！　急いでください！　三校の防衛チームは速《すみ》やかに東西のラインに展開！　お願いします！』

冷静で透き通るような声音、戦場で何度も聞いた八重垣青生の声だ。聞き慣れた声に生徒たちは平常心を取り戻す。そして、まだ誰も諦《あきら》めていないことを知る。

やることが決まれば対応は速やかだった。

青生の指示のもと、一般職員である大人たちを伴いながら四方へ駆けだす生徒たち。

先ほどまでは散発的な応戦ばかりで戦線は内陸部まで押し込まれていたが、総指揮官の命令によって、集団的な遅滞《ちたい》戦闘に切り替わっている。

点と点が繋がり、線になっていた。本来であればこれを面に変えるべく、戦力を追加投入していきたいところだがそこまでの余裕はない。指定されたポイントまで、市民を護衛しながら撤退《てったい》するのが精いっぱいだった。

その生徒の一団が走っていく先に、ふらりと人影が躍《おど》り出る。眠たそうな片目と皮肉げに吊り上げられた片頬、喪服《もふく》のような黒い制服で気だるげにライフルを肩にしょった猫背気味の男。その姿を認めて、千葉校生徒の一人が呼び止めた。

「ち、千種！　お前も早く戦闘に！」

「ああ。わかってる」

霞はあしらうような返事をしながら眼帯を外すと、空を飛び交う〈アンノウン〉を見た。

「……なぁ、敵はあれでいいんだよな?」

霞の視線は〈アンノウン〉に向いたままだ。尋ねられた生徒たちは困惑《こんわく》したように顔を見合わせる。

「あ、当たり前だろ……」

「そうか」

溜息とも嘆息《たんそく》ともつかない言葉を返して生徒のほうへ振り返った。と、その後ろでこれまた困惑した様子の大人を見て、霞は目を細めた。それが睨まれたように感じたのか職員は愛想笑いを浮かべる。大の大人が子供たちに守られながら逃げているという事実に思うところがあったのかもしれない。だが、霞は小さくかぶりを振ると、すぐに顔を逸らし、ライフルの引き金へと視線を落とした。

「ここは俺がどうにかしとく。お前らは下がって防衛ラインに合流しろ」

「あ、ああ！　頼む！」

大人たちを守りながら走り去る生徒たち。それを見送って、霞はライフルを担《かつ》ぎ、歩きだした、――彼の戦場へと。

×　×　×

沿岸部、戦場の最前線はまさしく乱戦状態だった。千葉の戦闘科が中心となり、要衝を押さえるべく攻撃を仕掛けている。その部隊の指揮を執《と》るのは千種明日葉だ。

スカートの下に覗《のぞ》くホルスターから二丁の拳銃を引き抜き、部隊を先導して明日葉が戦場を駆け抜けていく。

銃口から〈命気《オーラ》〉の光が迸《ほとばし》り、彼女の〈世界〉が再現される。立て続けに銃弾が放たれれば、業火《ごうか》と吹雪《ふぶき》が逆巻いて〈アンノウン〉を飲み込んだ。一点突破の大火力に敵陣の動きが一瞬鈍《にぶ》る。しかし、圧倒的物量を誇る〈アンノウン〉はどれだけ撃ち落としても数が減らない。

「あーもう鬱陶《うっとう》しい……。こんなの、お兄ぃがいれば一瞬なのに……」

思わず、舌打ちと一緒に独り言が漏れた。すると、息も切れ切れに追いついてきた千葉勢がはっと笑う。

「そう？　アレがいてもかわんないと思うけど？」

「ほんとそれ」

軽口を叩いているものの、千葉の生徒たちはあちこちに傷を負い、制服も汚れていた。だが、苦難にあってへらへら笑うのが千葉の流儀。霞が次席になって以来の伝統だ。千葉の男は地獄に笑い、千葉の女は地獄のように笑う。

「ま、いないよりはいたほうがマシだな。だいぶ抜かれちまったし……」

言いながらちらと市街地を見る男子生徒。その視線の先、都市部最奥《さいおう》では煙が上がっている。明日葉も一瞬そちらに目をやったが、すぐに前方へと向き直った。

「……当たり前だし。普通に必要だし」

ぷいっと拗ねるように、ほんのり朱に染まった顔を逸らして呟いた言葉に、千葉の生徒たちは反論することなく、むしろ微笑ましいものを見たというように生温かな眼差しを送っていた。苛烈《かれつ》な戦場に笑みが並ぶ。

明日葉もまた笑みを浮かべていた。にこっと、お出かけ前の少女のように、年相応のあどけ

ない微笑みを眼前へ向けている。

それすなわち、地獄がそこにあることの証左《しようさ》に他ならない。

「……特に、アレの相手は、ね」

遥《はる》か前方、水没しかけた廃墟の上。どれだけ距離が離れていても、その異形《いぎよう》の存在は感じ取れた。真紅《しんく》と白銀に鎧《よろ》われた鋭い流線形を象《かたど》る人型〈アンノウン〉。剣のように飛び出た腕は触れずとも斬れそうなほどに危うい雰囲気を放っていた。

いつしか、にこやかだった明日葉の微笑みは、にぃっと口元を吊り上げた凄絶《せいぜつ》な嗤《わら》いに変わっていた。

× × ×

前衛部隊が戦線を支えている間も、一般市民や非戦闘員の避難誘導は続けられていた。だが、制空権を失った戦況にあっては戦線という概念《がいねん》それ自体が虚《むな》しい。飛行型〈アンノウン〉の空爆は断続的に行われ、後方では火の手が上がり、廃墟は灰燼《かいじん》へと帰《き》していた。

その中を生徒たちが走っている。やっとの思いで非戦闘員である大人たちを指定されたポイントへと連れてくることができた。

「こっちへ！　早く避難を！」

一人の女子生徒が前方の安全を確認して向かう先を指し示す。だが、一般職員の男性の表情にはまだ焦燥《しょうそう》の色が濃い。

「ありがとう！　き、君たちも早くここから退避を！」

「は、はい！　でも、みんなを守るのが俺たちの役目で……」

女子生徒はまた戦線に引き返そうとする。誘導を待つ人はまだ多くおり、戦闘員もまるで足りていないのだ。ここが瀬戸際正念場《せとぎわしょうねんば》と自《みずか》らを奮《ふる》い立たせて駆けだそうとした。

だが、その尊い決意を打ち砕くように、頭上からにぬっと影が落ちる。

「うわあああああ！」

悲鳴を上げたのは男性のほうだった。上空からビルの陰を縫って急速接近してくる飛行型〈アンノウン〉を目にした瞬間、大人たちは狂乱して脱兎《だっと》の如く逃げ出そうとする。そのうちの一人の背を赤い稲妻が貫《つらぬ》いた。

「くっ、こ、この！」

守り切れなかった悔恨《かいこん》と巨大な敵を前にした恐怖をねじ伏せるために、女子生徒は銃を手にした。銃身が熱くなるのも構わず、撃ち続ける。だが、圧倒的質量を前にしては小銃程度では玩具《おもちゃ》と大差ない。それでも後ろで震える人を守るために健気《けなげ》にトリガーを引く。

銃声は悲鳴であり、祈りの声だ。「誰か助けて」とそう叫んでいた。

それを聞き届ける者がいる。

「何をしている無能ども！」

恫喝《どうかつ》にも似た高らかな雄叫《おたけ》びが遥か空から響き渡り、目が眩《くら》むほどの黒い光が一閃《いっせん》する。瞬間、巨大な〈アンノウン〉が爆縮し、塵《ちり》も残さず消え失せた。巻き起こる砂塵《さじん》の中に、少女が見たのは英雄の姿、朱雀壱弥の背中だった。

「朱雀さん！」

その名を呼んで、安堵と歓喜が入り混じった表情を浮かべる。しかし、視線はすぐにその先へと向けられた。いまだ戦場には大量の〈アンノウン〉が存在している。

「で、でも、あの数は……」

絶望に彩られた震える声音で言う少女に、しかし朱雀は傲岸不遜《ごうがんふそん》に言ってのける。

「問題ない。貴様らは俺の援護をしろ」

「は、はい！」

ただ一人、ただ一言、その存在が生徒たちに再び武器を取らせる。朱雀はその先頭に立つと、ガントレットを構えた。さながら暗い森の茨《いばら》のごとく腕に絡《から》みつく金色の輝き。その光はやがて闇を凝縮《ぎょうしゅく》させる。

「頼られた分の仕事はしてやる。……俺は、ヒーローだから」

それが事実か虚構かはわからない。だが、それだけが今、彼が戦う理由だ。誰かに願われ、自身が願った。その真実が彼をヒーローたらしめる。

左手に巨大な斥力球《せきりょくきゅう》を発生させると、周囲を黒い稲妻が走った。眼前にはびこる有象無象《うぞうむぞう》の魑魅魍魎《ちみもうりょう》に向けて朱雀は高々と腕を振り上げ、今まさに放たんとした。

「だ、だめだ！」

が、その直前にまるで体当たりかという勢いで誰かに右手を摑まれる。見れば、避難誘導されてきた一般職員の男性だ。そのまま縋《すが》り付くように羽交い締めにされた。

「離せっ！　巻き込まれたいのかっ！」

激昂した朱雀が振り払おうとした。だが、その大人は悲痛な表情で訴えてくる。

「君も一緒に撤退するんだ！　ここで君を失うわけにはいかない！　みんなも撤退だ！」

「退《ひ》くな！　ここで食い止めろ！　応戦だ！」

真逆《まぎゃく》の内容の言葉に生徒たちも戸惑い、動きが鈍った。そこを畳みかけるように懇願《こんがん》してくる。哀れなほどに取り乱す姿に朱雀が舌打ちした。

「お願いだ！　上位個体をここで失えば　私たちの希望が……！」

「ちぃっ！　いい加減にっ！」

これ以上邪魔されてはかなわない。力ずくでも……と朱雀が振り払おうとしたその瞬間、一条の赤い光が見えた。それは男性の額《ひたい》あたりをすっと動いて、ぴたと止まり、小さな点となる。

〈アンノウン〉によるものではない。見覚えのある、否《いな》、むしろ見慣れたものだ。

「っ⁉」

それがレーザーサイトの光点だと気づいた瞬間、朱雀が男性を突き飛ばし、斥力による障壁を展開させた。瞬間、足元で銃弾が跳ねる。たたたっと続けざまに降り注ぐ銃弾の音に交じって、どさりと、重いものが倒れる音がした。振り向けば、さっきまで男性だったモノが横たわっている。額からは赤黒い液体が流れ出ていた。

目の前で見せつけられた死に生徒たちから悲鳴があがる。

「そ、狙撃《そげき》!? ど、どこから……」

「わ、わからないわ! とにかく身を隠さないと!」

口々に言い、物陰へと走る生徒をよそに朱雀だけがその場に立ち尽くす。混迷を極める戦場にあって、ただ一人、その狙撃の意味を考えた。

「こんな芸当ができるのは一人しかいない……」

わざわざレーザーサイトで狙撃を警戒させておきながら、朱雀が男性を突き飛ばすことまで計算に入れて狙《ねら》い撃つ底意地の悪さ、超長射程からの精密射撃。それは朱雀が数多《あまた》の戦場で目にし、目の敵《かたき》にし、見惚《みと》れて、見慣れたものだ。

「かすみいいいいいいぃぃっ！ なぜだああああああ!!」

魔弾の射手がいるであろう場所を睨むと、獅子吼《ししく》して天を疾駆した。

× × ×

その咆哮《ほうこう》を遠く離れた廃ビルの屋上で耳にした。

「うるせ、声がでけぇよ……」

立て膝でライフルを構えていた霞は届くはずもない呟きを漏らすと、場所を変えようと立ち上がる。

だが、独特の風切り音を耳にして、その足が止まった。まっすぐにこちらに向かって飛んでくる聞き慣れた音につい口角があがる。相変わらず派手で力強い音だ、と笑みがこぼれた。

そして、遥か上空から朱雀が舞い降りてくる。怒りに震える荒い吐息を、霞は背中越しに聞いていた。

「言い訳を一つだけ聞く」

鋭い目つきと声で問い質《ただ》す朱雀。わざわざそんなことを問うたのが自分でも不思議だった。あるいは、先ほど眼前で起きた出来事をいまだ受け入れることができていなかったのかもしれない。だから、かすかな希望がそんな言葉を口走らせた。

だというのに。

霞は首をわずかに巡らせ、朱雀をちらと見るといつもの片頬を吊り上げた皮肉げな笑みを浮かべた。

「……俺がお前を守ってるって言ったら信じる？」

「ふざけたことをぬかすなぁっ！」

朱雀はギリっと歯噛みすると、ガントレットの先に黒い光を滾《たぎ》らせた。端整な顔立ちは怒りに歪み、切れ長の瞳には激情が宿る。

まぁ、そうなるわな……。と、霞は短い溜息を吐く。だが、他に言いようがなかったのだ。懇切丁寧《こんせつていねい》に説明したところで理解されるとは思わなかった。霞が手にしていた真実はそれくらい荒唐無稽《こうとうむけい》だ。何より、相手が朱雀壱弥。ただでさえ他人の言葉を素直に聞く奴ではない。さらに言えば、千種霞は生まれてこの方、素直な言葉など吐いたことがない。

結局、言葉でなど分かり合えない。霞はそう信じていて、つまりは諦《あきら》めている。なら、取るべき行動は一つ。やれやれと肩を竦《すく》めると、霞はライフルのストラップに手をかけた。背後に感じるのは朱雀の息遣《いきづか》いと足運び。

朱雀の動きはわかっている。いくつもの戦場を共にし、スコープ越しに何度も見て、〈世界〉を通じて寄り添ってきた。

朱雀は、まず斥力球を放つだろう。いや、感情的になっているから、飛び込んできての接近戦を選ぶか。――ならば、機先を制す。

霞はライフルのストラップを勢いよく回して、虚を衝《つ》くと、そのまま立て続けに射撃した。相手は格上。気を抜けば一瞬でやられる。一発一発の銃弾に必殺の意図を込めて、引き金を引いた。朱雀でなければ死んでもおかしくないが、……まぁ、朱雀が死ぬはずもない、と霞は確信している。それは奇妙な信頼と言えた。

事実、朱雀はその銃弾をものともしない。斥力の障壁は過《あやま》たず彼の身を守る。ここまでは霞の予想通り。まずはその足を止めるのが霞の攻撃の第一義だ。

だが、霞はひとつ読み間違えていた。

朱雀の憤怒《ふんぬ》も絶望も、そして信頼も……。霞が思うよりはるかに深く、重いのだ。

もともと無謀な行動が多い朱雀だが、今日はいつにもまして感情的だった。だから、霞の予測よりも激しい攻勢に打って出る。銃弾がガントレットを貫こうとも朱雀の突撃が止まることはない。

重力場を纏《まと》い、雄叫びとともに突っ込んできた朱雀に、霞の反応がわずかに遅れた。転げるようにしてどうにかその場を飛びのく霞。その勢いのままに、銃口を朱雀に向ける。

だが、目の前には既に斥力球が迫っていた。

「うおおおおおおお！」

朱雀の裂帛《れっぱく》の気合とともに、拳が振り下ろされる。

斥力球が弾《はじ》けるその間際、思わず霞は顔を背《そむ》けた。体を襲うであろう痛みに備えて身を固くする。

しかし、その瞬間は訪れなかった。

代わりに、天を裂くような轟音が響き渡った。その音の主《ぬし》は朱雀でも霞でもない。それは遥か上空から、圧倒的でただただ純粋な〝力〟が二人の間に鉄槌《てっつい》の如く落ちてきた。

濛々《もうもう》と立ち込める砂煙と巻きあがる爆風。

「くっ！」

その突風に朱雀も霞も一瞬目を覆う。そして、再び開けた視界の先。そこには霞を守るかのように立ちはだかる存在がいた。

まず目についたのは身の丈よりも巨大な両の腕。その拳が開かれれば咢《がく》のように鋭い爪《つめ》がぎちりと音を立てた。血よりも赤い真紅《しんく》と旭光《きょっこう》の如く眩《まばゆ》い白銀に彩られたその身体はまさしく〈アンノウン〉。人型の既存種よりもはるかに禍々《まがまが》しい出《い》で立《た》ちのソレは、総身に王者の風格を纏っていた。

「なっ……………」

霞が驚愕《きょうがく》の声を上げ、その目を手で覆った。

「この、どいつもこいつも！　話はこいつを倒した後だ！」

朱雀は呆然とする霞を叱咤《しった》すると、〈アンノウン〉から距離をとる。即座に斥力球を生み出し、臨戦態勢に入った。だが、霞は動かなかった。

「そうか、そういうことだったのか……。ようやく、からくりがわかった」

ため息交じりに呟かれた霞の言葉に、朱雀が怪訝《けげん》な顔で振り向く。刹那、銃弾が朱雀の足元を掠《かす》めた。

を開く。

「くっ!?」

　不意打ちの銃撃に朱雀がぎりぎりで飛びのく。引き金を引いたのは無論、霞だ。朱雀は射殺《いころ》すような視線で睨みつけ、その行為の意図を問い質そうとした。だが、それより先に、霞が口を開く。

「行け。お前じゃない」

　その言葉は、朱雀に向けられたものではない。視線は〈アンノウン〉へと向けられていた。一瞬の膠着《こうちゃく》が生まれる。先に動いたのは〈アンノウン〉だ。じりと一歩距離をとると、そのまま弾かれたようにその場を飛び去った。

　朱雀には意味がわからなかった。霞の行動も、またそれに〈アンノウン〉が応えたかのように見えたことも。ただ一つ、わかったのは自分が裏切られたということだけ。

「……貴様」

　朱雀は愕然として霞を見る。そして奥歯をギリと噛みしめた。

「自分が今、なにをしたかわかっているのか。どこまで落ちぶれれば気がすむ?」

「元から上なんて目指してないからなぁ」

　震えそうな声音を押さえつけて話す朱雀に、霞はいつもの軽口で答えた。それが朱雀の激情に火をつける。

「ふざけるな!　おまえは人間を殺し、アンノウンに手を貸した!　人類の一線を踏み越えたんだぞ！」

「それ、説明すると長くなるんだよ。おとなしく聞いてくれる？」

「ははっ。そうだな……」

霞の冗談めかした問いかけに思わず乾いた笑いがこぼれた。やがてその笑いが狂乱の色に滲《にじ》む。

「……お前を管理局に引き渡したあとでなぁ！」

激昂《げっこう》の叫びに交じるのは小さな溜息。霞はただ肩を竦めた。

×　×　×

湾岸部での戦闘は佳境《かきょう》を迎えていた。千葉陣営の生徒たちは千種明日葉を中心に最前線を支えていた。未《いま》だ戦線が瓦解《がかい》せず、どうにか戦争の体《てい》を保っているのは彼女たちの奮闘によるものだった。そうでなければ虐殺と変わらない光景が広がっていただろう。

だが、それも限界が近づいている。生徒たちで傷を負っていない者はなく、誰もがぎりぎりの状態で戦いを続けていた。ことに明日葉の消耗《しょうもう》は激しい。

「ちょっとヤバい……お兄ぃの手でも借りたい気分」

にやりと笑って呟いた軽口めいた戯言《たわごと》も今はどこか真実味がある。

明日葉と対峙《たいじ》する剣のような腕を持つ〈アンノウン〉は明らかに他とはレベルが違った。その腕が振られるたびに、体のあちこちに傷が生まれる。こちらが二丁拳銃乱れ撃ち手数を増やせば、相手もそれに応じて斬撃刺突を繰り出すのだ。

互いの力はほぼ互角。だが、その均衡《きんこう》は容易《たやす》く破られる。

不意に、剣の〈アンノウン〉がふと顔らしき部分を上へとあげた。何かあるのかと明日葉もつられてそちらを見やれば、強烈な威圧感を放つ人型〈アンノウン〉が飛来してきている。巨大な腕も凶悪な拳も一見しただけで危険だとわかった。

「って、もう一体!? 無理無理無理！ それマジ無理だから！」

にやっとした笑みは消え失せ、明日葉は狼狽《ろうばい》する。まずいまずいまずいほんとにまずい！

アレはたぶん自分より強い。そう直感で理解してしまう。

腕の〈アンノウン〉は明日葉めがけて突撃すると、その剛腕を振り抜いた。それだけで地面がえぐれ、瓦礫《がれき》が吹き飛ぶ。炎と氷で壁を作っても、腕の〈アンノウン〉はお構いなしに突っ込んできた。

「これ、マジでヤバいんですけどっ！」

腕の〈アンノウン〉は剣の〈アンノウン〉よりも厄介《やっかい》な相手だ。

なんせその攻撃に容赦《ようしゃ》がない、遠慮がない、躊躇《ちゅうちょ》がない。あるのはただ力だけ。

そのひと振りが一撃必殺。執拗《しつよう》に明日葉の首元を狙ってくる。ならば、と、明日葉はその攻撃をすれすれで躱《かわ》し、宙返り。相手の鼻先に銃口を突き付けた。零距離《ゼロ》。確実に殺《や》れる。そう確信した。

「……へ？」

だが、その瞬間、背後に冷たい風を感じた。跳んだ先で、剣の〈アンノウン〉が狙いすましたように待ち構えている。

風が鳴り、剣が一閃した。

「あ……え……？」

明日葉の首筋に鋭い痛みが走った。剥き出しになったうなじに薄く血が滲み、金色のコードが砕け散る。明日葉はそれきり動くことができなかった。立ち上がろうにも手足に力が入らない。

真っ赤に染まった視界は歪んでいた。薄れゆく意識のなか、腕の〈アンノウン〉が近づいてくるのだけがわかる。

ああ、この空の色は昔見た空だ、と。明日葉はそんなことを思った。だからだろうか、その赤い空の下に、懐かしい姿を見つけた気がしたのは。

× × ×

朱雀の一撃が廃ビルを崩落させた。

崩れ落ちる瓦礫を避けながら、二人は下層へと降りていく。その間も、朱雀は斥力球を矢継ぎ早に繰り出していた。

こうなると霞は手も足も出ない。ライフルを構える暇《ひま》すら与えられず、ひたすら回避に集中した。〈世界〉が捉《とら》える音と朱雀の性格から予測を立てて攻撃を先読みし、間一髪《かんいっぱつ》でなんとか躱す。

それが朱雀にはひどく気に入らない。

「逃げるな！　戦え！」

「いや、全然敵《かな》わないわ。さすが朱雀さんだな、俺の負け負け」

霞は降参とでも言いたげにわざとらしく片手をひらと挙げてみせた。

「またそうやって……」

朱雀が斥力球を作るのをやめ、距離を詰めようとする。と、その虚を衝いて、霞が素早く狙撃した。銃弾は朱雀のガントレットに直撃し、甲高《かんだか》い音を立てて砕ける。銃痕《じゅうこん》から立ち上る煙を見て朱雀は奥歯を噛み締めた。

「このっ……！　いつも斜に構えやがって！　自分の能力をきちんと活用しない！　無責任男が！」

苛立《いらだ》ち紛《まぎ》れに朱雀が霞にとびかかると、霞の横っ面《つら》を思いっきり殴る。頬にじわりとした痛みを感じて、霞は思わず笑ってしまった。まさか無策で突っ込んできて殴るとは……。想定外の動きも、予想外の言葉も、おかしくてつい笑ってしまった。

「お前、俺のこと買いかぶりすぎだろ」

その笑みを挑発と受け取ったか、朱雀はさらに殴りかかる。

「俺はおまえのことが嫌いだ！」

「だろうな。俺は俺のことを嫌いじゃないんだけど」

霞はへらへらと、言葉も拳も柳に風とばかりに躱し、カウンターで殴り返した。吹っ飛ばされて朱雀がよろめく。その拍子《ひょうし》に胸元に差し入れてあった帽子も落ちてしまった。

だが、どれだけよろめいても、朱雀の視線は揺るがない。

「抜かせ！　俺だって本当は……」

苦しげに呻《うめ》いて言いかけた言葉を口の中に滲む血と一緒に飲み下し、霞を睨みつける。

「なぜお前は世界のために戦わないんだ……。お前はこの世界を救いたくないのか……？」

それは朱雀にとって心底からの疑問だった。これほどの力を持ちながら、それほどの志《こころざし》を抱きながら、あれほどの愛を手にしながら、なぜ千種霞は己《おのれ》の分《ぶん》に見合った生き方をしないのだとそう問うた。

その姿を霞は眩しそうに見る。真実、そのまっすぐすぎる生き様は眩しかった。曲がって歪んで捻《ひね》くれている自分には到底無理だと、憧憬《しょうけい》の入り混じった苦笑を浮かべる。

「見えてる世界が違うんだよ。俺たちの世界はひとつじゃない。そういうのわかる？」

「わかるものか！　俺が守りたい世界は、たったひとつだけだ。カナリアのいる世界だけだった……」

「はっ。くだらねぇ」

吐き捨てるように言うと、朱雀の肩が震えた。

もっとわかりやすく説明ができればいいのだが、霞にはそんな言い方しかできなかった。与えられる言葉には何の意味もないのだと霞は知っている。

このニセモノの世界では、言葉さえもマヤカシ。だから、狂言回しは迂遠《うえん》な言辞を弄《ろう》して、ただその時を待つ。朱雀壱弥のもとに真実が訪れる時を。

「……貴様ぁ！」

霞の言い草に耐えかねて、朱雀はその胸倉に掴みかかった。勢いが強すぎて、霞はそのまま仰臥《ぎょうが》し、もつれるように二人して倒れ込んだ。

崩落した廃墟は天井にぽっかりと穴が開き、晴れ渡った空が見えた。蒼天を埋め尽くすようにいくつもの赤い光が揺らめいていて、その中に一際《ひときわ》強い輝きを放つ存在がある。

目が一つの頭部、はためくベール、ヴィオラの如き曲線を描く肢体。真紅と白銀に煌《きら》めく人型〈アンノウン〉。かつて天河舞姫と対峙したその〈アンノウン〉は、海嘯《かいしょう》のようなノイズをあげながら、ゆっくりと降下してくる。

そのノイズを聞いて、霞が呟いた。

「……おお、お待ちかねのやつだ」

「黙れ！」

目を逸らしていた霞の視線を引き戻すように、朱雀は霞の襟元を揺さぶる。霞の視界の端では、〈アンノウン〉がゆっくりと着地していた。そして、足元に転がっていたカナリアの帽子を拾い上げ、朱雀と霞のもとに近づいてくる。

途端に、朱雀の耳に飛び込むノイズが大きくなった。そこには音程も韻律《いんりつ》もありはせず、ただ耳障《みみざわ》りで出鱈目《でたらめ》な音の羅列《られつ》があるだけだ。思わず顔をしかめる。

だが、霞は違う。誰よりも聞こえてしまう男は薄く笑ってみせた。

「おい、本当にあっちの相手はしなくていいのか、正義のヒーロー？」

「貴様を倒したあとで相手してやる」

「まぁ、そうなるよなぁ……仕方ねえなぁ……。ああ、やりたくねぇなぁ……」

心底嫌そうに、もごもごと口の中だけで紡《つむ》がれる文句を朱雀は聞き流す。この期《ご》に及んでこいつは、と激情に身を委《ゆだ》ねて、霞の胸元を握り込み、拳を当てた。

「構えろ、霞！　立って戦え！」

「……昔、母親から読み聞かされた童話でさ。眠ったお姫さまが、自分の歌を王子様に唄ってもらって目を覚ますって話があったなあ」

「なにをぶつぶつ言っているっ！　貴様の昔話など聞きたくな――」

朱雀の言葉が途切れた。代わりに響くのは霞の歌声だ。

いつか彼女が歌った歌。彼の傷を癒《いや》した歌――。

「なっ……それは」

眼を見開いた朱雀は頭痛を堪《こら》えるように額を押さえる。ノイズと歌声が重なり、耳孔《じこう》から頭《ず》蓋《がい》を侵《おか》す。ぐっと霞の首を絞めるように拳に力を込めた。

「……やめろ、それはカナリアの歌だ。貴様が口にしていい歌じゃない」

だが、手に込めたはずの力は自《おの》ずと抜けていく。霞ははっと息を吐いて、そっぽを向いた。

その視線の先には人型〈アンノウン〉がいる。

「だろうな。今まで聞いたこともねぇし。……でも、聞こえるんだから仕方ないだろ」

言って、霞は朱雀を真正面から見据えた。

「なにを言って……」

そのまなざしが朱雀を射貫《いぬ》く。今までろくに視線も合わせなかった男が、こちらなどまるで見もしなかった男が、ただの一度だって本当の言葉なんて言わなかった男が。

「なぁ、眠り姫。お前の世界を見ろよ」

一語を、一文字を、一音をはっきりと口にして、朱雀の胸を力強く押した。

「なっ……。いや、そんな……バカな……」

霞に押されて、朱雀はよろめいた。不確かな足取りのまま、数歩後じさり、そして振り向く。

未だノイズは消えていない。耳鳴りのように響いている。

「あいつは死んだはずだ……。俺の目の前で……、〈アンノウン〉に殺されたんだ……」

自分に言い聞かせるように朱雀は言う。違うと誰かに言ってほしかった。いっそ否定されたかった。希望を抱いてしまえば、失ったときに今度こそ耐えられない。

「もう、聞けないはずだ……。あいつの歌は……聞きたかった歌は、もう……。なのに、なんで……聞こえる……。どうして……」

力なく膝から崩れ、何度も何度も目を擦《こす》り、耳を押さえた。そんなことがあるはずがないと、自分を、真実を、世界を疑う。

なのに、その歌は確かに聞こえてしまった。

耳に届くのは確かにノイズだ。だが、それを感じ取る心は歌を聞いていた。溢《あふ》れる涙がそれを教えてくれた。

「……ヒーロー様ってのは、本当に手がかかる」

ようやっと立ち上がった霞はネクタイを緩めて大きく息を吐く。彼のためだけの、彼女の歌を口ずさむことはもうしない。

彼が見つける世界は彼だけのものだ。霞は肩を竦めて目を逸らした。

「お前なのか……本当に……」

朱雀はへたりこんだまま、帽子を手にする〈アンノウン〉に語りかける。すると、〈アンノウン〉は朱雀と視線を合わせるように腰を落とし、そっと手を伸ばした。

柔らかな歌声と温かな腕が朱雀を包む。

抱きすくめられて、朱雀は目を閉じる。

首筋に触れた指先が愛おしそうに肌を撫で、偽物《にせもの》の世界を打ち砕いた。

刺すような痛みを感じて、朱雀は一瞬の夢に微睡《まどろ》む。揺蕩《たゆた》う現《うつつ》に目を覚まし、数度瞬きをした。

涙で曇った視界、歪《いびつ》に歪《ゆが》んだ世界。

「いっちゃん……」

けれど、その声は美しく澄んでいた。

「久しぶり」

顔をあげれば目の前には彼女が、宇多良《うたら》カナリアがいる。

慈愛に満ちた瞳、柔らか温《ぬく》もり、そして――。

「久しぶりのときは笑顔～、だよっ！」

——得意げに指をふりふりしながら、にこぱっと笑うとびきりの笑顔。
朱雀壱弥の求めたすべて。
宇多良カナリアは、ここにいる。

あなたはこの世界のどこが好きかと、訊かれることがあります。

どうしてこんな世界のために戦えるのか。歪んだ現実を直視する強さはどこから生まれるのか——そんな懊悩をふくんだ問いかけです。

でも、その質問は、過ちです。

前提からして間違っていると思うのです。

何かを愛せるかどうか悩んで時間を潰すなんて、主体性を持っているとは言えません。

霊長類の長、この世すべての支配者、比類なき叡智を授かりしわたしと人類は、もっと自立して生きるべきです。

重要なのは、この世界のほうこそが。

わたしに好いてもらえるだけの形をしているかどうか、です。

今、この地に立っているのはわたしです。踏みしめているのがわたしです。上下関係ははっきりしています。

足元の世界ごときに遠慮する必要なんて、これっぽっちもありません。

潮風に吹かれながら、わたしは艦橋より声を張り上げます。

「耐え難きを耐え、忍び難きを忍び、あの屈辱の日から幾星霜——、皆さん今日までよく働いてくれましたね」

眼下に整列するはわたしの忠実なる部下たち。

その瞳には、涙が浮かんでいるのが見えます。これまで経験した数多の戦闘を想い、数多の悲哀を背負い、全員が全員、忍び泣いています。

というより、せっかくわたしが演説しているのに泣かない人は強い人ですから、最前線の万歳突撃部隊に回すことにしています。おかげで涙もろい人ばかり残っちゃいました。

「千代に八千代に苔のむすまで続く恒久の平和のため、天使のわたしの子どもたちを奪還する日が、ついにやってきました！　わたしの手となり足となり尻尾となって働いてきた皆さんの戦いは、もう少しで終わりです！」

涙腺の弱い部下たちがいっせいに号泣を始めました。困ったものですね。

わたしは笑います。断固として笑います。こういうときは笑わなければなりません。

これは世界のための戦いなどではなく。

わたしのものにわたしが下す、正義《わたし》のための鉄槌なのですから。

「総員、出撃準備！」

目指すは東京湾岸部。人類の主敵、アンノウンのまやかしが支配する地へ。

さあ――今日も世界を替えましょう。

よりよき姿に、わたしにとってあるべき形に。

見えてる世界が違う。俺たちの世界は一つじゃない。

人を撃ち、〈アンノウン〉を庇《かば》った千種霞《ちぐさかすみ》は、翻意《ほんい》の所以《ゆえん》を質《ただ》されたときそう答えていた。

その言が立証されるように、いま朱雀壱弥《すざくいちや》の世界は反転していた。

首筋の刻印を失った彼は、それまでの世界に立ちながらまったく新しい世界を見ていた。

大空の蒼《あお》は血のような朱《あけ》に。白い雲はどす黒い染《し》みのように。遠く聳《そび》える管理局の高層建築は、何処《いずこ》とも知れぬ異方と通ずる巨大な大穴に。

そして忌《い》まわしき〈アンノウン〉は、懐《なつ》かしくも愛らしい少女の姿に。

「いっちゃん、元気してた？　ちゃんとご飯食べてた？　洗濯物たためた？　部屋のお掃除は水拭《みずふ》きまでやってた？」

宇多良《うたら》カナリアは以前の彼女そのままに、過保護な母親じみた言葉を矢継ぎ早に放った。

しかし朱雀の頭は、まだ突然降って湧いた多大な情報群を処理しきれてはいなかった。

「ま、待ってくれ……俺にはなにがなんだかわからない……〈アンノウン〉がおまえで、おまえはおまえで……」

カナリアが生きていた。守るべき世界はまだ在《あ》った。

しかし夢のような事実が朱雀の魂を震わせ目頭《めがしら》を熱くさせたのはさほど長い時間ではなかった。歓喜のひと波が引いたあとには、理解を超えた眺望が彼を混乱の一色で塗り潰《つぶ》した。

赤い空。彼方《かなた》の大穴。そして高層階から望む南関東防衛都市は、足元も街並みも気付けば損壊はなはだしく、まるで太古《たいこ》に打ち捨てられた廃都のようだった。

「この世界は、いったいなんなんだ……」

思考はおろか体性感覚まで覚束《おぼつか》ない心地で、朱雀壱弥はその場に愕然《がくぜん》と膝《ひざ》をついた。

刻印を剝《は》がされた首筋がいたずらにずきずきと痛んでいた。

×　×　×

その日、朱雀壱弥をはじめ、数多くの生徒がもう一つの世界を目の当《ま》たりにした。

彼ら彼女らはみな武器を下ろし、首筋の小さな痛みと引き換えに得られた真実を前に、しばし呆然《ぼうぜん》と立ち尽くしていた。

状況はすでに終了している。

もとより敗色濃厚な戦《いくさ》だった。残された上位個体もことごとく無力化され、夕浪愛離《ゆうなみあいり》の張り直した都市障壁《しょうへき》も再び破られると、いよいよ朝凪求徳《あさなぎぐとく》ら首脳陣はさいたま管理局までの後退を余儀なくされた。

そうして防衛都市の要《かなめ》・東京はついに陥落《かんらく》した。

〈アンノウン〉――と呼んでいたもの――の大部隊は陸海空から攻め入り、遭遇した生徒たちを前線の戦闘科も後衛の非戦闘科も問わず、手当たり次第に捕縛《ほばく》した。

次いで、何より先に、彼らの首筋に刻まれた紋様――クオリディア・コードを削《けず》り取った。

すると彼ら彼女らの前に広がる東京湾の景観はたちまちに一変した。

海面に浮かぶ鯨《くじら》の化け物じみた異形《いぎょう》の姿はもはやどこにもなく、それらはみな巨大な鉄甲船に取って変わっていた。

空を舞う小型の〈アンノウン〉は、甲板《かんぱん》から発艦する回転翼付きの航空機に。

二足歩行の〈アンノウン〉は、ドックで出撃を待つ人型機動兵器に。

永《なが》らく人類の敵であったおぞましき怪物群は、いずれも〈大災禍《だいさいか》〉以前の地球上に広く普及していたというロストテクノロジーの軍用兵器にすり替わっていた。

そして、それらを運用していたのは、異形の侵略に散っていったはずの大人たち。

子供たちがコールドスリープから目覚めたときにはもはや一人として残っていなかった、かつての日本国軍だった。

東京湾の内湾に集結した一大編制の艦隊。

昨日まで〈アンノウン〉と呼んでいたその敵は、いま真実の姿で子供たちを篤《あつ》く迎え入れていた。

×　×　×

東京湾の景観が一変したあとでは、勝利と敗北さえ一転していた。

敵だったものは味方であり、破れたものは救われており、散っていったものは戦っていた。

その事実を知らされた千種明日葉《あすは》は、陸を睨《にら》む大艦隊の只中《ただなか》、旗艦《きかん》の甲板上で眉間《みけん》に深々と皺《しわ》を寄せていた。

「……くーつーじょーくー」

人類の存亡を懸《か》けて――と信じて――彼女は決死の覚悟で戦場を駆けめぐった。

しかし驚異的な白兵戦《はくへいせん》能力を有する固有人型〈アンノウン〉が、二体がかりで明日葉の奮戦《ふんせん》を阻止《そし》し、激闘の末にその身を地へと打ち倒したのだ。

ところが終わってみれば敵は味方だった。

「最善の方法を取らせてもらった。安心しろ、峰打《みねう》ちだ」

凛堂《りんどう》ほたるは明日葉の動きを封じた愛刀につつと指を走らせていた。

「そういうことじゃなくてさあ……」

「明日葉ちゃんなら、戦えばわかりあえるって思ったんだ。来た見た勝った、なんとかなった！」

唇を尖《とが》らせる明日葉の前で、天河舞姫《てんかわまいひめ》は無邪気に胸を反《そ》らせていた。

「うん、そのとおり。ヒメの作戦は常に正しい」

そして見切り発車主義の姫を無条件に誉《ほ》めそやす騎士。何処《いずこ》に在ろうと神奈川の両巨頭は相変わらずだった。

前《さき》の戦いで〈アンノウン〉の猛攻に晒《さら》され、遺体として発見されることもなく消息が絶望視されていた二人。彼女らが健在という事実は明日葉にとってこの上ない朗報だったが、あまりに健在すぎて、そうと知れば単純に笑顔は見せられない複雑な戦乙女《いくさおとめ》である。

「ああもう、次は負けないし！」

兄の癖《くせ》でも真似するように、明日葉が頭の後ろをがしがし掻きむしる。拍子《ひょうし》に触れたその首筋に、もう金色の刻印はない。

世界はあるべき姿に戻っていた。そこには皆の笑顔があった。

「あ……！」

金属音を響かせて甲板へ上ってきたのは八重垣青生《やえがきあおい》だ。消息を絶っていた朋輩《ほうばい》の姿を認めるや、眼鏡の奥の瞳が丸く見開かれる。視線に気付いた舞姫が、ぱあっと喜色に顔を輝かせた。

「青ちゃん！」

駆けだした勢いのまま抱きつくと、青生の声は感慨《かんがい》に震えた。

「皆さん、無事だったんですね……」

「うん！　青ちゃんこそ、無事でよかったよ！」

喜び任《まか》せに強くみしみしと抱きしめる舞姫。青生は濡れる瞳を拭《ぬぐ》うことも適《かな》わず、ただ温かな腕力に身を委《ゆだ》ねていた。

そんな姿を横目に見ながら、ポケットに手を突っ込んでふらふらとデッキへ上ってきたのは霞だ。無言のまま明日葉の傍《かたわ》らに立つ。兄妹《きょうだい》のあいだに言葉はなかったが、わずかばかりの視線が交わされた。

「ん？」

「ん……」

霞がどうとばかりに息を吐けば、まぁねとばかりに息が返る。それだけで二人には充分だった。

ようやく青生を解放した舞姫が、いつの間にか加わっていた霞の姿におおうと驚いて両手を開いた。そのまま左右に首を振りつつ、ちゅうちゅうたこかいなと順番に指を折り、結果、赤黒い空に高々と万歳をした。

「久々にたくさん揃《そろ》ったね！」

「おっ、そうだな。全員揃ったな」

すかさず話を完結させる霞だったが、その視線がなおも足りない何かを探して留《とど》まっていないことを、ほたるの観察眼が見逃すはずはなかった。

「朱雀なら、さっき見たぞ。隅のほうで話し込んでいた」

「ほーん……。まぁどうでもいいけど」

求めていた情報に、なぜか霞は気のない返事で応《こた》えた。

かつての光景。いつもの光景。

失ったはずの日常がそこにあって、青生はしみじみ破顔《はがん》した。しかし、この状況が尋常《じんじょう》ではないことをすぐに思い出す。

「あの……なにがどうなって……?」

落ち着かない表情で誰へともなく問いかける。艦上で問いは宙に浮き、一同の間を冷たい潮風が渡っていった。

「説明しよう!」

ひとり揚々《ようよう》と拳を振りあげたのは舞姫だった。

「…………」

その肩と腕に触れ、そっと拳を下ろさせるのは明日葉だった。

そのまま身体ごと霞へ向き直る。

「あたしもおヒメちんから話は聞いたけど、全然わかんなかったんだよね……結局、この世界はどうなってるの？」

首をひねる妹に、兄は後ろ頭をがしがし掻きむしり、ややあって、ゆっくり口を開こうとした。

「それはわたしが説明します」

だが、それに答えた声は霞のものではなかった。

少女のような若々しい女の声。

「え、え――」

信じがたい思いで明日葉が狼狽《ろうばい》する。その声を彼女は知っていた――気がした。記憶とも呼べないおぼろな原風景。

振り向けば、かつかつと軍靴《ぐんか》の音も高らかに、軍服姿の女性将校が過剰《かじょう》な微笑を湛《たた》えて近付いてくる。

「うげっ……」

「えっ？　……へっ⁉　は？」

刹那《せつな》、千種兄妹は揃って驚愕の声をあげた。兄に限っては驚愕プラス絶望だった。

「はい！　明日葉ちゃんと霞くんの大好きなお母さん、正義のヨハネスさんですよ」

将校は一同の前に立つと、およそ軍人らしからぬ朗《ほが》らか過ぎる笑顔でそう名乗った。

千種夜羽《よはね》。まがうかたなき兄妹の実母だった。霞は思わず言葉を失ったが、頭の中ではオイオイオイオイと高速でツッコんでいた。

「ど、どうして、ここに……」

対して明日葉は狼狽を隠し切れず、おそるおそるといった風に訊《たず》ねていた。

「どうしてって、わたしは優秀な明日葉ちゃんのお母さんですよ。大抵の人よりちょっぴり優秀なのは当然でしょう?」

だが、夜羽は二人の反応などどこ吹く風、ごく当たり前の会話を続けるがごとく、頭の上にちょこんと載《の》った軍帽をティアラのように見せびらかした。

「今は本軍事作戦の総司令なのです。拍手〜」

宴会の余興じみた調子で、自ら顔の横でぺちぺちと手を打つ総司令。唖然とする一同。三歩後ろに立つ中年の男性士官だけが、感情の死んでいる笑顔でぺちぺち同調していた。

その茶番は艦隊内のパワーバランス、および千種総司令の人となりを一瞬で物語るに充分だった。

事実、千種夜羽にはある種の貫禄《かんろく》があった。大艦隊の中枢《ちゅうすう》にあって場違いに過ぎる能天気は、年齢不詳の笑顔で粧《めか》した賢者のお道化《どけ》にも見えるのだ。

「いい歳してまだ昔と同じノリでやってんのか……」

一軍の将と公言した年長者に、すぐさま冷静な所感を述べることが出来たのは実の息子だけだ。

夜羽はそんな揶揄《やゆ》を受けとめ、すっと温かく目を細めた。文字通り慈母《じぼ》の微笑。

「反抗期の霞くんもかわいいですね」

そして歩み、一切の衒《てら》いもなく突然その腕に愛息をかき抱《いだ》いた。

予想外の反応に霞は振りほどくことも忘れ、せいぜいが迷惑そうに顔をしかめるだけで、彼はその抱擁《ほうよう》を素直に受け入れていた。

「小さいころはお母さんがいないとびしゃびしゃに泣いたのに。ふたりがこんなに立派になって、お母さんうれしいです」

優しく長子を抱きとめながら、顔を上げてその目に次子を映す夜羽。

「……えっと……」

見詰められた明日葉が次の行動を選びかねる一瞬のうちに、夜羽は迷いなく彼女へ片腕を回した。

「おかえりなさい。……もう二度と、あなたたちを、悪魔たちの手には渡しません」

二人の子供を強引なほどの力で胸に抱き寄せる。

再会の抱擁に隠れた母の瞳には、濡れたような決意の光がきらめいていた。

×　　×　　×

更なる状況説明は場を移してということになった。

潮風が冷たくなってきた甲板を下りて、一行は作戦室と呼ばれる部屋へ向かい艦内の通路を進む。

戦闘科の面々は、さっきまで戦場で命を削っていたのが嘘のように明るく振る舞っている。

青生はその背中を青白い顔でぼんやり追っていた。

道中、顔色が優れないと軍医らしき大人から船酔いの薬を出されたが、それが気休めにもならないことは明白だった。青生の欲《ほっ》するものは他にあった。

艦には自分と同じように、防衛都市から「回収」された生徒の姿が多数あった。戦死したと伝えられていたはずの者たちさえいた。青生と共に禁忌《きんき》を破って散ったカナリアやコウスケらとも再会することができた。

しかし、いまだ青生の精神は十全な安寧《あんねい》にまで至らなかった。

探している姿がふたつ足らないのだ。

侵入不可領域とはなんだったのか。何故《なにゆえ》それを超えてはならないと厳命していたのか。何が本当で何が嘘だったのか。世界とは。〈アンノウン〉とは。

青生には朝凪と夕浪に訊ねたいことが山ほどあった。疑念の晴れる弁明をしてほしかった。

何よりただ純粋に逢《あ》いたかった。

しかし探せども二人の姿はここになく、大人たちの告げた受け入れがたい真実がより色濃くなって圧《お》しかかるばかりだった。

敵は味方で、味方こそが敵だったという真実。

彼らと過ごした時間がすべて嘘だったという真実。

優れない顔色のまま青生は皆と一緒に作戦室へ入った。

壁一面の大型モニターには、大小四つの島と無数の島嶼部《とうしょぶ》から形成される列島国家の地図が映し出されていた。

霞はしばし陶然《とうぜん》と立ち尽くし、名状しがたい不思議な心地でそれに見入った。

日本地図を見たのは久しぶりな気がした。なぜだろうと思う。郷愁《きょうしゅう》より先に立つ奇妙な既視《きし》感《かん》。目線を上げて列島以北を望めば、画角には到底入りきらない広大な大陸の一端が見切れている。

世界は広い。そんな当たり前の概念《がいねん》を、なぜだか久しく忘れていた気がした。

もちろん知識としての世界は常にあった。日々、友らと語る徒然《つれづれ》の中にも、各国の地理や歴史や他諸々《もろもろ》はごく自然と挿入されてきた。

しかし人類——南関東防衛都市に残されていた人類——は、世界に対して永らく視野狭窄《きょうさく》に陥《おちい》っていたのだと今更ながらに気が付いた。

道理ではある。〈アンノウン〉の侵攻によって外の地域は遍《あまね》く壊滅したと聞かされた。すでに人類は自分たちしか残っていないと信じていた。

だが顧《かえり》みるに、それは不自然な思考停止だったのではないだろうか。

地球上でただ日本国の一地域だけが生き延びたという前提を、ただの少しも疑わなかったのは何故《なぜ》か。

列強各国の保有軍備を振り返れば、どこか他にも抵抗戦力があるはずと思い至らなかったのは何故か。

もしも外の世界に希望を求めて、禁忌とされた外洋の向こうへ飛び出していたら——

そこまで考え至ったとき、不意にちくりと首筋が疼《うず》いた。幻肢痛《げんしつう》にも似た違和感に思わず手を伸ばす。指先が触れたそこに、昨日まであった刻印の感触はない。

認識阻害《そがい》。見える世界を捻《ね》じ曲げる処置。やはり防衛都市は世界に対して近視を強《し》いられていたのだろう。

漠然《ばくぜん》とした霞の思索《しさく》は、千種総司令がモニター前に立ったことで破られる。まだ朱雀とカナリアの姿はなかったが、軍議は始まるともなしになんとなく始まった。

「こちらが、我が軍の勢力図です」

画面を示して夜羽が告げると、地図上の日本列島が、東京湾を中心にところどころ青色の点や染《し》みで色付く。敵性勢力を意味する赤色群をすでに関東地方中部のわずかな一区域にまで追い込んでおり、他方、小笠原《おがさわら》諸島の本拠地からは何編制もの援軍がなおもこちらへ集結中だと知れる。

司令官の自信過剰な言動も頷《うなず》ける圧倒的な大戦力だった。

「その名もー？」

我が軍、という語に対してだろうか、舞姫が囃《はや》すように促《うなが》すと、夜羽はよくぞ聞いてくれましたとばかり力強く宣言した。

「『大正義ヨハネス軍』です！」

用意されていたと思《おぼ》しきタイミングで画面が切り替わり、軍内部の冗談じみた組織図が展開される。陸海空のあらゆる線が総司令たる千種夜羽ただ一点に分かりやすく統轄《とうかつ》されていた。

「は？」

霞が眉をしかめた。

「つよい！」

舞姫が目を輝かせた。

「とても強いですよ」

夜羽は胸を反らしていた。

盛り上がるモニター前をよそに、ほたるは直近の士官に冷静な疑問を投げかけていた。

「なぜ『日本軍』ではないのですか」

「民間出身の彼女に、全権を握られているからです……」

問われた副司令は、遠い目で画面に映るものを眺めた。権力分立という民主主義に逆行した、前近代的な絶対王政がそこにはあった。

「他の軍人は？　反対する者もいたのでは」

「ある人は札束で顔をひっぱたかれて、ある人は事故で消えて……もうあの司令に逆らえる人なんていないんです」

肩を落として俯いてしまった大人に、ほたるは悲しき軍人の諦念《ていねん》を見た。

「……それでいいのですか」

「私にも家族がいるんです。守るべきものがあるんです。長いものには巻かれて生きていくしかないじゃないですか」

「泣くほどか……」

おろおろと顔を覆う副司令に、ほたるはもはや掛ける言葉がなかった。

一方の総司令は笑顔で淡々と自《みずか》らの責務を果たしている。

「南関東地域の奪還作戦は現在、最終フェイズに入っています」

夜羽の現状説明に併《あわ》せて、オペレーターがモニターに日本地図を再表示させた。さらに当該《とうがい》地域を拡大してみせる。赤い染みだったものが無数の点へと替わり、それぞれに紐《ひも》づく識別名や兵力数などの文字情報が浮かび上がった。

「……いったい、だれから奪還しようとしてるの？」

明日葉は「救出」されたときにことの大凡《おおよそ》を聞かされてはいたが、舞姫の説明が極めて大雑《おおざっ》把《ば》かつ感覚的すぎたため、満足な理解には至っていなかった。

あるいは、俄《にわか》に受け入れがたい情報を呑みくだすには、信頼できる大人の口にのぼらせる必要があったのかもしれない。

「アンノウンから、です。あなたたちから見れば、本当の、と言うべきでしょうか」

結果、その言葉は一切のためらいもなくあっさり零《こぼ》れ出た。

本当のアンノウン。

〈アンノウン〉だと思っていたものではなく、アンノウンではないと思っていたものたち。

管理局の大人たち。

「ええと、神奈川組のおふたりは、すでに事情をご存知ですね」

夜羽は先だって合流済みの舞姫とほたるに目をやった。彼女らが頷くより早く、霞が持参していた紙束を机の上に投げだす。

「……俺もだいたいは理解している。大國《おおくに》……いや、アンノウンの資料を読んだ。意味不明な部分もあったが」

大國医務官をアンノウンと呼ぶ冷めた声に、俯いていた青生の肩はぴくりと跳ねる。何を訴えるでもなく反射的に顔を上げると、霞は自身の携帯端末を高く気怠《けだる》げに掲《かか》げていた。そちらにはデジタルな物証が入っているのだ。

「わあ！」

夜羽が少女のような歓声をあげた。

「独力で真実に到達するなんて。さすが天使のわたしの子です！」

提出された資料類を解析班《かいせきはん》へ回すよう指示しつつ、満面の笑みで愛息を誉めそやした。

「公的な場で、脈絡《みゃくらく》なく私情を交えるのやめてくれねぇかな……」

「お母さんを諌《いさ》めてくれたんですね。うれしいなあ。大きくなったのは図体だけではないですね……えへへ」

露骨《ろこつ》な渋面《じゅうめん》の抗議も、夜羽は自称天使の大らかさで拡大解釈してしまう。責めたつもりが喜ばれる。昔と変わらぬ無敵ぶりに、霞は脱力して貧相な息を吐いた。

「あ、あのさぁ……」

機を窺《うかが》っていた妹がそこで口を挟もうとしたが、やはり天使には攻撃が徹《とお》らない。

「もちろん、明日葉ちゃんも大好きですよ。わたしによく似たパーフェクトな美人さんになりましたね！」

「そうじゃなくて、世界のことを説明してよ……してください？」

言葉遣《づか》いを迷う程度には、明日葉はまだ母との距離感を掴みかねている。

兄に比してコールドスリープ以前の記憶が極端に乏《とぼ》しい妹は、この親という名の大人に抱く根源的な感情について未《いま》だ恥じらいにも似た戸惑《とまど》いがあった。

「わたしのかわいい霞くん。明日葉ちゃん……ふたりの成長を、わたしは今日まで見守ることができませんでした。わたしたちは、あなたたちを奪われていました」

　天使の微笑から道化の上塗りが落ちてゆく。

　千種夜羽はすべての親を代弁するような声で真実を告げた。

「あなた方は、アンノウンに育てられ、本当の人間とサカサマに戦わされていたのです。この戦争が始まったときから、ずっと」

　およそ冗談じみた宣告に、明日葉は首を捻《ひね》るついでに兄を見た。霞が無言のまま苦々しく頷く。青生は青白い顔でただ固まっていた。

　一息吸って千種総司令は続ける。

「今から三十年前、人類は突如《とつじょ》、謎の敵に襲撃されました。窮地《きゅうち》に陥《おちい》った当時の政府は、緊急手段として子どもたちのコールドスリープを実行します。しかしそれこそが、謎の敵――アンノウンの本当の目的だったのです」

　本当の目的。夜羽はそう言って、人差し指を愛娘《まなむすめ》とその友人一同に向けた。

「あたしたちが……？」

　問い返す明日葉。重く頷く夜羽。

「苛烈《かれつ》な爆撃で人類を本土から追い出したあと、アンノウンは子どもたちを目覚めさせ、偽《にせ》の歴史を植えつけたのです。薄汚い血に汚れた悪魔が、あたかも人間になり変わるかのごとく」

　薄汚い悪魔。

非道を断じる正義の舌鋒《ぜっぽう》が響きわたると、時間ごと凍りついたような沈黙が訪れた。

そのとき霞の脳裏をよぎっていたのは千葉の朝市《あさいち》の光景。街頭に点在する通信用ボックス。ホームシックの少年少女たちが画面越しに語らっていた相手は、内地で暮らす父や母や大人たちだった。あれも紛《まが》い物だったのだろうかと思う。

明日葉はふとアクアラインの修復作業で共に汗を流した大人たちを思い出していた。

ほたるはかつて管理局の闇仕事を請け負っていた時分の大人たちを思う。

そして舞姫は、コールドスリープから目覚めたあの日、カプセルが開いて第二の生が始まった瞬間、ひとりぼっちの幼い彼女を囲んでいた朝凪求徳や夕浪愛離の何より温かい笑顔を思い返していた。

しかし真実は、そのいずれもが人間になり変わっていた薄汚い――

「あ、悪魔って、そんな……」

青生だけが思わず声に出したが、周囲がみな感情を殺すように押し黙っていたので結局は口ごもって俯いてしまう。

沈黙の再訪。霞がぽりぽりと頬を掻いた。

「ていうかさ、アンノウンもアンノウンだけど、自分らだけで逃げた大人はなんなの」

「お、お兄ぃ……」

誰かを庇《かば》うような露悪《ろあく》的に過ぎる霞の物言いは、しかし悲しい正論にも思えて、明日葉は制止する言を見出《みいだ》せなかった。

「子どもを見捨てたことになりません？」

結果、霞は刃《やいば》のような詰問《きつもん》を突きたてた。

きっと、これを問わなければ前へ進めない。どんなに小さな疑念であっても、それは水に垂らした薄墨のごとく、ジワリと広がり、やがて澱《おり》となってわだかまる。後のしこりとしないためには、非情であってもここで問い詰めなければならないのだ。例えばそう、小さい頃に別れたきりの母娘《おやこ》のためにも。

その意図を察していたのだろうか。触れれば切れそうなほどに張りつめた一瞬ののち、千種総司令が肩を落とすように呟《つぶや》く。

「……見捨てなかった人たちは、ただのひとりも例外なく、死にましたよ」

冷静な回答に、ヒールを気取った霞の仮面にひびが走った。唸《うな》るように息を吐く。

——ああ、さすがだ。そういえばこういうときは徹底的にやる女だった。

霞は発言の撤回《てっかい》はしなかったが、それ以上の追及もしなかった。

「でも、生き残った人にも、等しく罰が与えられました」

「罰……」

懺悔《ざんげ》めかした母の告白に、明日葉はいたましい思いで聞き入った。

「態勢を整え、本土に反攻した人間を待っていたのは、異様な能力と明確な敵意を持つ、我が子たちでした」

あまねく人類すべての親を代弁するように、夜羽は悔悟《かいご》に満ちた瞳で子供たちを広く見渡した。

差し出した手を払われる悲しさ。愛すべきものに牙《きば》を剝《む》かれる遣《や》る瀬無《せな》さ。それが如何《いか》ほどのものか、霞には想像もつかなかった。しかし〈大災禍〉以降に出没した〈アンノウン〉――と呼んでいたもの――との戦闘が、当初退屈なほどに生温《なまぬる》く一方的だった理由を察することはできた。

スコープ越しに覗《のぞ》いてきた数々の戦場を振りかえる。十字の照準線に重なるおぞましい異形の姿は、記憶の中でいまや漠然《ばくぜん》とした影でしかなく、その輪郭《りんかく》さえ正しく思い起こすことができなかった。

「首筋に刻まれていたコード。あれによって世界をサカサマに見せられたあなたたちは、わたしたちの派遣した無人機を幾度となく撃墜したのです」

無人機と聞いて胸を撫《な》でおろす戦果ランキング一位の舞姫。一方、ほたるの眉間にはいかめしく皺が走った。

彼女はふいと頭を巡らせ、ガラス一枚隔《へだ》てたオペレーター室の向こうに視線を転じる。すでに金色の刻印がなくなったその首筋を確かめるように触れながら、もう一方の手で何もない中空を水平になぞる。遠く離れたキャビネットの書類が突然床へ滑り落ちて、気の弱い通信兵が驚きの悲鳴をあげていた。

「コードが〈世界〉制御に必要だというのは、嘘だったということか」

検証結果にほたるが苦々しく呟く。

彼ら彼女らに発現した異能は〈夢見の季節〉の賜物《たまもの》であり、コールドスリープ装置に異方の手が加えられた可能性はあっても、かの刻印とは独立している固有の力であることは確かだった。

クオリディア・コードとは、彼らが〈世界〉を制御するためのものではなく、彼らの世界を錯誤《さくご》させるためのものだったのだ。

「ただし。視覚を誤認させられたのは、あなたたちだけではありません。こちら側からも、あの地では、なにもかもがあやふやな影にしか見えませんでした」

補足された夜羽の言は、しかし文字通りにあやふやなものだった。ぼんやり聞いていた舞姫がこてんと首を倒す。

「ん……どういうこと、ヨハネスおば」

「お姉さん」

突如挿《さ》しこまれる稲妻のような笑顔。

「……ヨハネスお姉さん」

舞姫は声を震わせ、生唾《なまつば》を呑み込む心地で訂正した。

何事もなかったように総司令の顔へ戻る夜羽。

「悪魔たちは南関東一帯を視覚的偽装《ぎそう》で覆っていたのです。子供と悪魔を区別できなくするように」

そしてそれが人類から強硬策という選択肢を奪っていたのだと夜羽は説明した。

かつて揚陸船《ようりくせん》で強襲したある部隊が、前線で遭遇した幼い子供を保護した。しかし連れ帰った艦が一定の海域を離れたとき、それはおぞましい異形の本性を現した。戦闘警戒を解いていた一個部隊は、戦火を交えることもなくたちまち血の海へ沈んだ。

かの地には人体の神経系に作用して認識機能を狂わせる力場が発生していたのだ。

夜羽の口から語られた悲劇的な作戦結果を鑑《かんが》みて、ほたるはひとつの結論に考え至った。

「そうか……管理官たちが張っていた障壁は、つまり」

「はい。わたしたちの回収作業を阻止するには、それが必要だったのでしょう」

南関東防衛都市群は常にその一帯を覆いつくす大掛かりな障壁に囲まれていた。それは敵の侵入を阻《はば》むための防衛策だと管理局は説いていた。前《さき》の東京決戦においても、彼らは障壁が破られたこととそれを修復することに何より腐心《ふしん》していた。

然《しか》り、それはどうしても必要だったのだろう。

それがあれば「敵」は子供たちを連れ帰ることができない。討つべき対象の真贋《しんがん》さえつかない。結果として引き金を引けない。

ゆえに防衛策。

長い一呼吸を挟んでから夜羽は言った。

「悪魔たちは、徹頭徹尾《てっとうてつび》、わたしたちの見る世界を歪《ゆが》めていたのです」

押し黙り、息を呑む一同。

舞姫の脳裏には、戦場のさなか、破られた障壁を修復するために奔走《ほんそう》する夕浪愛離の必死な表情があった。

あのときの言葉もすべては嘘だったのだろうか。

あのとき預けた時計はいま何処《どこ》にあるだろうか。

夜羽の話を聞き流しながら、舞姫はそんなことを考えていた。

×　×　×

その部屋にもはや人の姿はなかった。

作業もなかばに放棄されたあとが方々に見られる。

予感していた通りの有様に、朝凪求得はいっそ清々《すがすが》しい失笑を漏らした。

「もはや障壁を張る必要もない、か……」

しかし、諦《あきら》めの早い同志たちに今さら不満はなかった。

もとより朝凪は彼らに何も求めていない。本来的に彼らはそういう性質のものだ。そもそも侵略の第一義が欲でも誇りでもなく種としての生存本能だ。種族闘争の勝敗そのものにはさしたる執着がないのかもしれない。

どうでもいいと朝凪は思った。

障壁展開の中枢を担《にな》うコンソールパネルは、薄明るく明滅しながら次のキー入力を待っている。その横を素通りし、メインモニターに現状の戦況を見出す。

豪快な溜息が漏れた。

敵の進軍は止まらない。障壁が破られ、東京が落とされ、すべての上位個体が奪われた。わずかな戦力で最後の砦《とりで》にまで後退した今、ここから戦局を一転させるのは絶望的だった。

ふたたび溜息。生意気盛りの生徒たちがいない部屋は静か過ぎて、やけに自分の声が耳に障《さわ》った。

朝凪は考えることをやめて画面から戦略図を落とした。外部カメラに切り替え、東京湾の港湾施設から望む赤黒い海を映す。遠く敵艦隊のぼんやりした輪郭をわけもなく眺めていると、戦況にそぐわない静かな足音が近づいてきた。

「全区域、確認終了。捕獲《ほかく》を逃れた子どもはわずか。緊急措置として、コールドスリープ施設で眠ってもらったわ」

夕浪愛離は傍らに立つと子守り唄のような声音《こわね》で報告した。

「そうか……まったく、大した手際《てぎわ》じゃないか。人間というやつは」

朝凪は画面の中の艦隊を睨みながら、他人事《ひとごと》のように笑ってみせた。夕浪は一度視線を落とすが、すぐに柔らかな微笑みを向け直す。

「でも、最後の大仕事が待っているわ」

最後という言葉に朝凪の表情が強張《こわば》った。

破顔して緊張をほぐしたのち、相手の懐《ふところ》に一歩踏みこむ。

「できれば、俺と二人で、どこか遠くに逃げるなど……考えてはくれないんだろうな」

いつもの軽口とは違う、祈るような深い声だった。

その想いはきっと届いたのだろう、夕浪がはにかむように俯いた。

しかし叶《かな》えられることはなかった。

「……ごめんなさい。私があの子たちにできることは、もうこれしかないの」

手に握った懐中時計を愛《いと》おしく撫でながら、夕浪は柔らかな微笑に頑《かたく》なな決意を覗かせた。

観念した朝凪の溜息。分かっていたという風に肩で笑う。

縮まる距離。絡《から》み合う視線。掠《かす》れた声で夕浪が問う。

「……私のそばにいたこと、後悔している？」

「バカを言え。お前と出会った日から、ただの一度も悔いたことはない」

朝凪は愛しい相手の手を取り、唇にその甲をそっと押しあてた。

「お前が望むことなら、俺はなんだって付き従おう」

それは過ぎし日の宣誓。二度目の生は彼女と共に。

あの日からずっと朝凪求得の第一義は彼女であり、それ以外はすべてが経緯《けいい》で、すべてがどうでもよかった。

夕浪は眩《まぶ》しそうに目を細め、唇の感触が残る手で朝凪の頬に触れた。

「……ありがとう。もしかしたら、こんな日が来ることを、ずっと願っていたのかもしれないわ。今になって思うの」

目蓋《まぶた》を下ろし、幸せだった日々を想う。

「私は、私たちの子を、愛しているのだって――」

それはとても慈《いつく》しみ深い聖母の声だった。

×　×　×

日本軍あらため大正義ヨハネス軍は、子どもたちを三食個室付きの好待遇で迎え入れた。

回収した戦闘員ではなく、保護した民間人として扱っているからだ。

たとえ防衛都市の首席だろうと戦果ランキングの上位だろうと、ここではただの子供だ。

ゆえに朱雀壱弥や宇多良カナリアが今、軍議に参加せず、個人の船室に閉じこもっていたとしても批難される謂《いわ》れはない。

「……ひとつ、教えてくれ」

「うん」

戦場からカナリアの部屋まで人目を忍ぶように直行した朱雀には、まだまだ把握しきれないことがたっぷりあった。

カナリアのざっくり過ぎる説明を一通り聞いたあとで、朱雀はふたたび情報を整理して頭から確認する。

「あのとき、おまえは本物の人類に捕獲された。そこで世界の真実を知らされた。そうだな？」

あのとき、朱雀の目の前でカナリアは死んだ。

頭上から急襲した棺型《ひつぎがた》の〈アンノウン〉が、彼女を死体も残らないほど無残に叩き潰した——と思っていた。事後処理を果たした管理官たちも皆にそう報告していた。

しかし、それは嘘だった。コードの認識阻害と管理局の虚偽《きょぎ》虚言《きょげん》から成る一連の隠蔽《いんぺい》工作だった。

そも棺型の〈アンノウン〉は膨大《ぼうだい》な質量で対象を圧殺する殺人兵器ではなく、底面に収容口を備える兵員捕獲用の特殊カプセルだった。これによって「戦死」したとされる生徒たちは、その実、旧日本軍の大人たちに「回収」されこの艦隊で手厚い歓待《かんたい》を受けていたのである。

「うん。侵入不可領域は、結界の限界地点のことだったの。生徒があそこを踏み越えると、認識できるようになるって、軍の人たちも必死で調べていたみたい」

外の世界では最新の技術や設備を駆使して、常に南関東防衛都市を観測していた。

むろん防衛都市全域をあまねく覆う〈障壁〉のせいでその内側を窺《うかが》い知ることは能《あた》わなかったが、もし何者かが〈障壁〉の外側へ脱すれば瞬時に捕捉《ほそく》できるシステムが構築されていたのである。

そして、ひとたび捕捉した対象には、探知衛星からマーキングが施《ほどこ》される。身体の一部に赤い点として付着させたそれはいわば発信器のようなもので、対象がその後障壁の内側へ戻ったとしても所在を見失うことはなくなる。あとはその点めがけ上空から捕獲カプセルを射出すれば、障壁の錯乱《さくらん》作用に惑わされることもなく対象を奪還できるという仕組みだ。

その監視システムについては管理局の者たち——つまり真のアンノウン——も、おそらくは把握していたのだろう。ゆえに障壁の外を侵入不可領域などと嘯《うそぶ》いて、生徒たちの越境を厳しく禁じていた。

朱雀は眩暈《めまい》がしそうだった。そんな馬鹿げた規律を疑いもせず遵守《じゅんしゅ》していた自分が愚かしく思えた。

椅子の上で頭を抱《かか》えてうずくまる朱雀。しかしカナリアはその傍らで、空気も読まずに得意げな笑顔を振りまいていた。

「その結界を壊すのに、すごい活躍したんだ。見せてあげたかったな。わたしも役に立つんだよ、いっちゃん！」

高度五〇キロメートル、成層圏《せいそうけん》。防衛都市の障壁展開を司《つかさど》る人工衛星は、地上の砲火も届かぬ遥《はる》かな高みに在ったという。軍に請《こ》われてその破壊作戦に随行《ずいこう》した宇多良カナリアの武勇伝なら既《すで》に一度聞いたし、またこの後の人生において何十回何百回と聞かされるような気がした。

「そんなことはどうでもいい。おまえはずっと無事だった。俺たちを救おうとしていた人類を、俺はずっと敵だと思いこんで……」

裏返った世界にも前向きなカナリアと比して、朱雀は随分《ずいぶん》と後ろ向きだった。語るほど自らの言葉に追い込まれて語気が弱まってゆく。

「……いっちゃん？」

間近で呼び掛けられても、自責の念に囚《とら》われてスイッチの入ってしまった朱雀には届かない。

「俺は、俺だけは、カナリアのために戦っていたつもりだったのに……なんというピエロだ！」

朱雀は拳を握り、天を仰ぎ、情感込めてたっぷりと嘆《なげ》いた。さながら舞台上の演者のごとく。

「はわわ……わたしのため……」

一方カナリアは台詞《せりふ》の一部分だけをクローズアップして勝手に頬を染めていた。さながらヒロインのごとく。

「俺はヒーローになりたかった。カナリアのいる世界を救うヒーローに。だが、その全てはまやかしだった！　目指したものも、守ったものも、何もかも無意味だった！　そんなことがあってたまるか……！」

頭を掻きむしり、無暗に暑苦しく苦悩する朱雀。

「わ、わたしのヒーロー……！」

一方カナリアは、暑苦しい台詞の中からロマンティックな要素だけ切り貼り再編集して都合よく照れまくっていた。

「千葉カスに言われる最後の最後まで、俺は何も気づけなかった。敵も味方もわからず、ただただ暴れようとしていた。こんなもの、ヒーローでもなんでもない。無能の極致じゃないか……」

勇ましく身体を開いて立ち、大仰《おおぎょう》な手振りでぶぉんぶぉん風切り音を上げる朱雀。

「そっかあ……いっちゃん、わたしのこと、そんなに想ってくれていたんだね」

一方カナリアは、もはやただのこじつけだった。

両手で頬を挟み、てれてれと謎の身じろぎをしている少女。冷静になった朱雀はそれを胡乱《うろん》な目で眺めていた。

「……カナリア」

「はい！」

てれてれカナリア、ピースで応じる。朱雀は疑惑の目を向けていた。

「おまえ、人の話を聞いているか……？」

「き、聞いてるよ！　いっちゃんはこれからいっぱい謝って、みんなと仲良くしたいなってことだよね？」

「全然違う！」

思わず後ずさり、悲鳴のような声をあげる朱雀だった。

「ああ、会いたくない会いたくない、千葉カスにだけは会いたくない。今ごろどんな顔をしているのか目に見える……もう俺は終わりだ……」

朱雀はふたたび椅子に腰を落とし、がたがたと震えるような貧乏揺すりを始める。

「終わったなら、また始めればいいんだよ！　日はまた昇るんだよ！　明けない夜はないんだよ！」

カナリアはものすごいドヤ顔をしていた。どうやら良いことを言ったようだ。気付かなかった朱雀はピュアな目でマジレスした。

「……どうやって？」

「え？」

カナリアは固まった。正直勢い任せの適当な発言だったので深掘りされる予定はなかった。

「今までの戦いは全部無駄。千葉カスには一〇〇パーセント煽《あお》られる。この状況から、なにをどうやって始めるんだ？」

「え、ええっと……」

朱雀は真剣だった。いまさら何も考えてないとは言えない空気だった。真剣には真剣で応じようと健気《けなげ》なカナリアは頭をフル回転させた。とくに何も思いつかなかった。カナリアは自他共に認めるバカナリアだった。気付いた朱雀が無言の顔芸で絶望を表していた。自棄《やけ》になったカナリアはえいやっと朱雀の肩を摑んだ。

「な、なんでもいいから始めるの！　なんだって始められるよ！　いっちゃんはもうひとりじゃないもん！　わたしがずっとそばにいるから！」

「カナリア……」

朱雀はなんとも言えない顔をしていた。

「ほら！　困ったときは、笑顔！」

困っているのは主にカナリアだったたが、それはさておき彼女はにこぱーっと笑ってWピースした。

朱雀はなんとも言えない顔のまま、とりあえず向けられたあざとい笑顔にじっと見入った。おかげでなにもかもがどうでもいい気分になってきた。

「俺には、もう何もわからない」

脱力し、ふうと苦笑交じりの溜息を漏《も》らす。

「……それでも、俺よりも下の人間がいるってのは、救いにはなるかもしれないな……」

「そうだよ！　……あれ？　下？」

朱雀の言に同意しつつ、一拍《いっぱく》置いて首をひねるカナリア。

「ふん」

無論そんな憎まれ口は朱雀流の感謝の表明だ。

彼は思い出したような素振りで、懐に絶えず忍ばせていた制帽を引っ張り出す。あの日、骨ひとつ残さずに逝《い》った少女の唯一《ゆいいつ》の置き土産《みやげ》。

戦闘科の主力を務める朱雀は、いつ戦場へ駆り出され散ってゆくとも知れない身だった。だから常に携行《けいこう》した。最期《さいご》は同じ墓で眠りたいという願いさえあった。

その制帽が誰のものか気付いて、カナリアがつつと近付いてきた。

朱雀自身は立ち上がらなかったが、しかしカナリアに腰を屈《かが》めるよう手振りと優しい瞳で示して、その頭に彼女の制帽をぽんと載せてやった。

「へへ……いっちゃんは優しいね」

見上げて微笑むカナリア。椅子の上で視線を逸らす朱雀。

しばし穏やかな沈黙を愉《たの》しんだのち、やがて二人はささやかに身を寄せ合った。

×　×　×

軍議のあと、千種家《ちぐさけ》の三人は艦橋《かんきょう》の窓から甲板を見下ろしていた。

一際目立《ひときわだ》つ——というより窓枠の中のほとんどを占めている黒鉄の円筒を示して、夜羽《よはね》は高らかに朗じた。

「あれが、ヨハネス金融のすべてをなげうって作らせた、対アンノウン決戦兵器……アンノウン絶対殺す砲です」

およそ冗談としか思えない超々大口径の巨砲が一門、明らかに後付けと分かる規格外の不自然さでそこに鎮座《ちんざ》していた。

「センスねえ名前……」

霞《かすみ》にはツッコミどころが多数あるように思えたが、とりあえずその一点だけで我慢しておいた。

「こちらをひとたび発射させれば、生きとし生ける者は一人残らずビッグバン！」

無邪気に物騒なことを言いながら、千種総司令は巨砲が望める防弾ガラスをぺたぺた叩《たた》く。

そんな環境破壊兵器いつ使うんだよと霞は思った。

「しかし、その前にコールドスリープで眠り続ける者たちを回収しなければなりません。子供という名の債権を、耳を揃えて全額取り立てるまで、わたしたちの営業時間は終わらないのです」

「ヤミ金と言ってることが変わらないんだよなあ……」

達者な口上《こうじょう》に霞は呆《あき》れたが、同時に、この母は昔からこうだったと皮肉にも懐かしさを覚えた。

「あらあら、霞くんの反抗期は本当に微笑ましいですね。いつもこうなのかしら、明日葉《あすは》ちゃん？」

「え？　う、うん……」

夜羽の問いかけが娘に向いた。不意のことに明日葉は口ごもり、わけもなくきょろきょろ首を振る。やがて思いついたように窓の下の巨砲を指差した。

「えーと、あたし、あれ触ってきてもいい？」

「お母さんがつくる、夕飯までには帰るんですよ」

冗談めかした夜羽に、明日葉がぎこちなく笑う。

「はーい、お、……お、お母さん！」

そして逃げるようにブリッジから退場した。

しばらく娘の消えた戸口を見詰めながら、夜羽は寂《さび》しそうに笑う。

「明日葉ちゃんは、まだちょっぴり距離がありますね」

「生き別れの母親が現れたってだけで、全部受け入れられるわけでもないでしょ」

霞はポケットに手を突っ込んで、妹を庇《かば》うような客観論を述べた。

見慣れない大人びた横顔に、道化を忘れて素《す》の笑みを浮かべてしまう夜羽。

「大きくなった霞くんは、なんだかお父さんに似てきましたよ」

「母親に似なくてよかったとは思ってる」

「なんだかんだ言いつつ、私を好きでたまらないところもそっくりさんです」

「父親の苦労が偲《しの》ばれるわ」

息子の憎まれ口さえ愛《いと》おしく、窓の外にいる娘と合わせて二人、夜羽は嬉しそうに目を細めて見守った。

「あ、あの……」

「はい」

振り返ると眼鏡の少女が遠慮がちに立っていた。八重垣青生《やえがきあおい》。世界の母を自称する千種総司令は、回収に成功した愛すべき子供たちの顔と名をすべて記憶している。にっこり。天使の微笑と謳《うた》われた親愛の表情で、何やら言い淀《よど》んでいるらしい青生の言葉を促した。

「みんなをこちら側に連れて帰ったら、……そのあと、どうするんですか?」

思い詰めた顔色のわりに単純明快な問いだった。夜羽は息をするように回答する。

「もちろん、アンノウンを最後の一匹まで殺しつくします」

「殺し……」

青生が息を呑んだ。虫も殺せぬ多感な子なのかしらと夜羽はうすらすっとぼけた。

「デビルどものやったことを考えれば、当然でしょう。亡くなった人も、失った時間も、二度と戻ってこないのですから」

「で、でも、私たちは、あそこで育てられて……本当によくしてもらって……今でも、なにかの間違いじゃないかって……」

切れ切れに訴える青生の声は哀切《あいせつ》に震えていた。

「まだ悪夢のなかにいるのですね」

ストックホルム症候群の症例がよぎって、夜羽は気の毒な少女をいたましく思った。

「血は水よりも濃いものです。穢《けが》れたまやかしから覚めるのは時間がかかるかもしれませんが、ゆっくりと慣れていきましょうね」

「……っ」

まるで噛み合わない。青生は戦慄《わなな》くように目を見開いたが、しかしそれもわずかな時間。やがて彼女は口を閉ざし、力なく項垂《うなだ》れてしまった。

亡くなったものは戻らない。夜羽の弁は揺るぎなき正論で、霞には否定する余地が見出《みいだ》せなかった。何も言えず、何もできず、ただ複雑な面持《おもも》ちで立ち尽くす。

「ここからは大人たちの仕事です。あなたたちはもう、戦わなくていいんですよ」

夜羽は聖母の眼差《まなざ》しで迷える青生を優しく包みこんだ。優しさの暴力だと霞は思った。

踏み絵のような光景を見ていたくなくてつい目を背《そむ》けたが、鋭敏な聴覚が皮肉にも涙交じりの嗄《か》れほそった声を捉《とら》えてしまう。

「はい……」

心の折れる音を聞いた気がした。

×　×　×

軍議のあと、元神奈川の首席は食堂に立ち寄って旧時代料理を堪能《たんのう》していた。そして次席は、首席が料理を堪能する様を堪能していた。

「ヒメ、美味《おい》しい？」

「もっもっ！」

舞姫《まいひめ》は力いっぱい肉を頬張っている。そしてあやふやな返事でもほたるは満足だ。

「ヒメ、お水」

「んっんっ！」

舞姫はほたるから手渡された水を飲み下し、ぽこんとふくれた腹をなぞって一息つく。テーブルには給仕を驚かせる数の皿が山と積まれていた。

むくつけき海の男たちから饗《きょう》される料理はなかなかに美味だった。素材そのものは〈世界〉含みで育てられた千葉都市生産科の逸品《いっぴん》に敵《かな》うべくもないが、旧時代に流行《はや》った昔懐かしい味付けがかえって新鮮に感じられて箸《はし》の進みを加速させた。

それはいまこの場に集《つど》う生徒たち皆も同感のようで、あちこちのテーブルで歓声があがっている。

しかし、彼らの宴会めいた高揚《こうよう》にはきっと最たる理由が別にある。

防衛都市からのエグゾダスを果たした彼らはもはや民間人だった。

〈大災禍〉以前の常識を振り返れば、戦場に赴《おもむ》くのは常に軍関係の大人たちだった。

大人たちが戻ってきた以上、年端《としは》もゆかぬ子供が武器を持って殺し合いをする謂《いわ》れはない。

今日、彼らの戦争は終わったのだ。

「ヒメ、おかわりは？」

「ありがとう、大丈夫！」

ほたるが問うと、舞姫は諸手《もろて》を上げて万歳した。食後の肉食獣のように機嫌がよかった。もっとも機嫌の悪い彼女というのはあまり見たことがなかった。いつでも笑顔だった。さすがヒメだなとほたるはひとり頷いた。

一方その頃、舞姫はきょろきょろと四方を見回していた。

「青《あお》ちゃん、どこ行ったんだろ……これからのこと、相談したいって言ってたのに」

「これからのこと？」

ほたるが問うと、舞姫は小さく頷いた。

「たぶん、戦争のこと。混乱してるんだと思う。私たちが捕獲されて説明されたとき、すごく頭がぐるぐるしたみたいに」

「……そうだね」

自らも辿った心の揺らぎを踏まえて青生《あおい》を案じる二人。

声が落ちてゆき、やがて無言になったとき、食堂のモニターが唐突に映像を結んだ。

『こちら司令官。ヨハネス軍の皆様に、通達があります』

「わっ！　テレビがしゃべった！」

謎の驚き方をする舞姫をよそに、画面の千種総司令は手に文書を掲げてにこやかに語り始める。

『こちらはアンノウンの機密文書です。天使のわたしの霞くんが確保しました。万歳、ばんざーい！』

自ら唱和しつつ、両腕をぶんぶん上下させる夜羽。その様子は艦内全域にあまねく放送されている。

その映像は艦内の至る所で流れている。

それは各個室も例外ではない。

「……これが指揮官なのか……」

カナリアの個室でそれを観た朱雀《すざく》はわなわなと戦慄《せんりつ》していた。

「ゆ、有能な人だよ！」

だが部屋主のフォローも虚《むな》しく、夜羽は威厳の欠片《かけら》もない軽薄きわまる通達を続けた。

『解読によると！　次元掘削《くっさく》ホール？　なるものを通って、アンノウンはこちら側の世界にやってきているようです。これさえ破壊すれば、やつらは二度と現れません！　急ぎ、征服しましょう！』

半ば放心していた朱雀が、はっと我に返って身を乗り出す。

軽妙な口調に反して重大な情報だった。次元掘削ホール。云うなれば敵の巣穴だ。戦力のほとんどを奪った今、ついに人類は王手をかけたと言える。

モニターの前で立ち上がりかける朱雀。それを見透かしたようなタイミングで夜羽は言った。

『子供たちは、暖かい毛布でもかぶって休んでいてくださいね！』

にべもない待機命令に、踏み出した朱雀の足が止まる。

食堂でも舞姫が同様の動きをしていた。

『悪魔のものはわたしのもの、わたしのものは世界のすべて！　ここまでくれば楽勝、あとはもうひと押しだけです！　わたしが言うのだから間違いありません！』

舞姫とほたるが困ったように顔を見合わせる。朱雀は顔をしかめつつも、ふたたび椅子に腰を落とした。

『三十年もの長き間、いたいけな少女がこうして立派な乙女になるまで、わたしたちはずっと耐えがたきを耐えてきました。その苦難の季節もようやく終わります！　子どもを奪われた悲しさ悔しさ恨《うら》み辛《つら》み、復讐するは我にあり！』

モニターからのご機嫌な口上はなおも延々と続くが、船室の外からは出撃命令を受けた軍人たちの慌《あわ》ただしい足音や物音が響き始めた。

「わたしたちも行かなくていいのかな、いっちゃん……」

カナリアは部屋の扉と朱雀の表情とを交互に見やった。

朱雀は肩をすくめつつ、子どもたちへの出撃禁止を命じる画面の中の司令官を目で示した。

「聞いてただろ？　それに、戦闘になるとは限らない」

「どうして？」

「俺たちが奪われた以上、朝凪《あさなぎ》たちに抵抗する意味はないからだ。もうとっくにどこかに逃げているかもな」

そうであれば次元掘削ホールは無血開城、永きにわたる戦争が本当の意味で終わることになる。願望を含んだ朱雀の推測に、カナリアはぽんと両手を合わせた。

「そっか、同じだね。いっちゃんも、霞くんに姿を見せたくないってここに隠れているもんね？」

「……」

茶化された上に図星を指された朱雀は、無言でカナリアをブルドッグの刑に処す。彼女の頬はとても伸縮性豊かだった。

「ほほとのほとはほに！」

ほんとのことなのに！　と言葉にならぬ声をあげてカナリアはじたばた足掻《あが》いた。

しかし実際のところ、さほど痛くはなくて、カナリアはこんな時間がずっと続けばいいなと思った。

×　×　×

艦橋の特大モニターに流れているのは、兵を鼓舞《こぶ》する千種夜羽の大演説。

その真下に、映像と一糸《いっし》乱れぬ同じ身振りで語る実物の総司令がいた。

赤いランプの灯《とも》ったテレビカメラに、力強く拳を振り上げてみせる夜羽。

「憎きデビルの痕跡は、地球上から消滅させねばなりません！」

「穏やかじゃねえな……」

その様子を撮影班の傍らで眺めている霞は、ぽつりと誰にともなく呟いた。

「正義はわたしの下《もと》にあります。わたしがルールブックです。この世全ての害虫を根絶やしにしましょう！」

「すごいこと言うなこいつ……」

実の親ながら恐ろしくなって、思わず霞は声量を絞り損《そこ》ねた。

地獄耳でその呟きを聞きつけて、夜羽はぐるんと首を回した。カメラの存在を無視して不思議そうな目を息子へ向ける。

「だって、そうでしょう？　親の愛は絶望よりも重く、地獄よりも深いものなのです」

なんだそりゃ。と思いながらも霞は反論しなかった。全乗組員に親子喧嘩を晒すのも具合が悪い。

「司令！　大変です！」

そのとき慌ただしく駆けこんできたのは副司令だった。夜羽が自分を棚に上げてしれっと窘《たしな》める。

「放送中ですよ。はしたないですね」

「ですが！」

副指令は目を剝《む》いて窓のひとつを指差す。煩《わずら》わしげにその先を振り向く夜羽。赤黒い空の彼方に異変を認め、子どものように目をぱちくりさせた。

左右の指で遠眼鏡《とおめがね》を作り、改めて注視。おどけた表情が一変、眉間に一軍を預かる将帥《しょうすい》の深い皺が走った。

×　×　×

巨大な砲塔に跨《また》った明日葉の頰を、冷たい潮風が吹きつけている。

詰め込まれた情報量の多さに感情が処理しきれず、一度頭を空っぽにする必要があった。

海の向こうの遥《はる》か陸地を望みながら、わずか一日のあいだに起こった激動の数々を思う。

一変した世界。

「お母さん、お母さん、か……」

何者にも聞かれない場所でひとり声に出してみた。

生き別れていた家族との再会は、多感な年頃の彼女にとって世界の真実より印象的なものだった。

置いてきた街のくすんだ輪郭をぼんやり興味もなく眺めていると、ふと、地平線の向こうに無数の陰影が浮かびあがった。

「……?」

手でひさしを作って目を凝《こ》らす。染みのような影は膨らむように大きくなり、不穏な予感に明日葉は思わず立ち上がった。

「な、なにあれ……!?」

東京湾の空を覆わんばかりに飛来するのはおぞましい異形の群れ。膨大《ぼうだい》な数のアンノウンだ。

兵力のほとんどを失い、壊滅寸前のはずだった管理局に、まだあれほどの戦力が残っていたとは俄《にわか》には信じがたい。しかし慄然《りつぜん》としているわずかな間にもアンノウンはみるみる距離を詰めてくる。

そして、遠くの海面に禍々《まがまが》しい光がひとつ弾けた。明日葉は身体に〈命気《オーラ》〉を巡らせ甲板へ飛びおりる。

刹那《せつな》、艦上に凄《すさ》まじい衝撃が走り、背後に高く爆炎が上がった。

決戦の端緒《たんしょ》を開いた敵の砲撃に、乗員たちの怒号や悲鳴が飛び交った。

迫る大群。燃える甲板。混乱する大人たち。

予期せぬ反抗はさながら地獄を覗いたかのようだった。

×　×　×

次元掘削ホールを通って世界の向こうから敵の大援軍がやってきた、という、その解析結果はたちまち全艦に通達された。

「敵襲！　敵襲！」

叫びながら兵士たちが走る。

空母からスクランブルで発進する航空機。上陸に備えて整備を中断する人型機動兵器。軍艦の狙撃手《そげきしゅ》は対空機銃で敵の先遣《せんけん》部隊を牽制《けんせい》した。

断続的な砲撃に揺れる艦内では、民間人の悲鳴が乱れ飛んでいた。

「もうだめだぁ～、おしまいだぁ～」

逃げ惑う生徒たち。

っべーマジっべーと叫び続けているのは、出撃を許されずテーブルの下で頭を抱えている嘴《はし》広《びろ》コウスケ。

狭い倉庫にひとり閉じこもっていた八重垣《やえがき》青生は、首から外したチョーカーをぎゅっと握しめて震えていた。

それはヨハネス軍の施したマーキングを無効化する、管理局製のジャミング装置。母のように慕《した》った夕浪愛離が、青生を回収させないためにお守りと称して彼女に着けさせていたものだ。

何が本当で、何が嘘なのか、青生にはもはやわからなかった。

ただ硬く目を閉じ、耳を塞《ふさ》ぎ、息を殺して恐怖と戦っていた。

彼ら彼女らにとって、実の親と呼べる存在がいるこの場所は、帰るべき我が家、あるべき居場所。

そして、その子らを、我が家を守るのが大人の役目であり、子供はそれを待つべきだ。

だから、コウスケたちの反応はある意味において自然だったのかもしれない。本来であれば未《いま》だ親の庇護《ひごか》下にあって当然の年齢。それまで強固に戦士として築き上げてきた心の箍《たが》はひと時の休息によって緩んでいた。

だが、例外もいる。

例えば、そもそも親や家族と縁遠かった者。あるいは、強烈なる使命をその身に帯びている者。

彼らは一様に、この緊急事態に立ち上がっていた。

「これって、襲撃されてるの……?」

カナリアの個室では、能天気な演説映像が一変、緊迫した戦場の光景に切り替わっていた。

もう戦争は終わるはずだったのに……。カナリアはモニターの前で呆然と立ち尽くしていたが、拳で壁を叩く痛烈な音にはっとして横を見る。

「くそっ!」

朱雀は怒りに毒づいて部屋を飛び出した。

甲板に躍り出るや、頭上を舞うアンノウンの軍勢を睨み据え、怒り任せにデッキの床板を蹴る。

「どこまで振り回せば気がすむ!」

獰猛《どうもう》な雄叫《おたけ》びと共に、朱雀は反転させた重力に乗って敵の只中《ただなか》へ吸いこまれていった。

そして、もう一組も動いている。

「ヒメ、どうする」

言葉もなく食堂を飛び出した舞姫を、ほたるは瞬時に追いかけ、追いついていた。

混乱する人波を掻き分けて、二人は甲板へ駆けのぼる。

飛び出した赤黒い空の下、風になびく長い髪。頭上を埋め尽くす異形の群れが、たちまち飢えた猛禽《もうきん》のように飛び掛かってきた。

「わかんない！　でも、義を見てせざるは許されないよ！」

人類最強の少女は無数の敵を鎧袖一触《がいしゅういっしょく》、彼女の世界を救い続けてきた正義の剛腕を以《もっ》て薙《な》ぎ払った。

「承知した」

舞姫の想いを聞き届けるや、ほたるは愛刀を抜きざまに一閃、寄せ手のことごとくを露払《つゆはら》いした。

皆の笑顔を守るために戦ってきた舞姫。

舞姫の笑顔を守るために戦ってきたほたる。

戦場に舞い戻った二人はただ自らの信念に基《もと》づいて、今日も世界を救うのだった。

×　×　×

敵軍来襲の報を持って、明日葉が息を切らせながら艦橋に駆けこんでくる。

「お兄《に》ぃ！　なんかやばい！　マジやばい！」

「わかってる……」

霞は特大モニターに向き合ったまま背中で答えた。

出撃するつもりはないのだろうかとも思ったが、近付いてみれば兄は戦略図をじっと睨みながら小さく唇を動かしている。よく見た光景だ。戦況を把握して自身の最適な役割を合理的に導き出してから戦場に立つ。それが霞の戦い方だった。横に並んでその表情をちらと盗み見る。不機嫌そうな眉間《みけん》の皺。今回はなかなか万全の狙撃ポイントが見つからないようだ。

ブリッジは通信兵の声で騒がしい。各隊へ向けて随時、千種総司令の作戦指示が飛んでいる。

「総員、即時迎撃態勢！　沿岸部に配置した機動兵器小隊を展開！　最終迎撃班は防御ラインへ！　想定通りぶちのめすのです！」

勇ましく高らかに発せられたその声が、すっと湿りを帯びたように調子を落とす。

「子供たちの安全を最優先に」

そして総司令は、明日葉の母は、娘の前へつかつか踏みだしてその小さな身体を抱きよせた。

「……二度と奪われるわけにはいきませんから」

不意の愛情表現に、ぽかんと目を丸くする明日葉。だが夜羽の表情はいつになく神妙だった。どこか痛ましささえ覚える。安心させるように明日葉はその手を母に回した。

そんな光景を間近で見せられて、どこか満足げな吐息《といき》をこぼす霞。ふっと肩の力が抜けたせいもあってか、無駄に首元のネクタイを緩めると、静かに呟いた。

「……行ってくる」

家族に顔を向けることもなく歩きだす霞。残業や休日出勤には慣れていた。不意に舞い込む仕事の処理こそは男の甲斐性《かいしょう》、などと心中でぶつくさ言いながらブリッジを出ていこうとする。

「え、あ、えっと……」

夜羽の腕の中で、明日葉は後を追うべきか首を巡らせ身じろぎした。

「待ちなさい。二人が行く必要はありません」

いささかの厳しい声で制止されて、霞は足を止めた。身体は戸口を向いたまま、首だけで振り返る。

「降りかかる火の粉は完全消火、ついでに損害賠償請求……それがうちの家訓だろ」

小癪《こしゃく》な皮肉で返す千種家の長男。得意分野で挑まれた夜羽は、つい反射的に言い返してしまう。

「まったくなっていませんね、保険金をガメておかわり三杯するところまででワンセットです。いや、そうではなくて。あ、こらだから待てと言っている」

母が一人ノリツッコミでうだうだ言っている隙《すき》を衝《つ》いて、霞は一人ですたすた出ていってしまった。

慌てて後に続こうと、母の抱擁《ほうよう》を振りほどく明日葉。

「あの……、あたしも、その、ちょっと。なんていうか、まぁ、ちょっと！」

適当な言葉で強引に言い逃れながら、納得していない夜羽を残してたたたと走りだす。

「あっ……」

夜羽は手を伸ばしかけたが、しかし思い直してぐっと握りこみ、あてもないまま腰に当てた。

「……人の話を聞かない。まったく誰に似たんでしょうかね」

ふうと不満げに鼻息を荒くするが、その表情はどこかほんのり緩んでいた。

×　×　×

東京湾海上には既に敵の陣容が整いつつあった。

突如として襲来したアンノウンを前に、軍所属の大人たちも応戦を始めている。それは正《まさ》しく、この三十年近く繰り広げられてきた光景だった。人類とアンノウンの戦争は常にこうであったはずだった。

だからイレギュラーと言うのであれば、この戦場で誰よりも前に立ち、誰よりも多くの敵を屠《ほふ》る、その少女たちこそがイレギュラー。

天河《てんかわ》舞姫と凛堂《りんどう》ほたる。この戦場に立つ戦士たちの目に、彼女たちの姿はあるいは英雄めいて映ったかもしれない。

未だ混乱する生徒たちの中にあって、彼女たちはいち早く前線へと立った。無論、彼女たちとて戸惑いはある。如何《いか》に説明されようと、心根の奥底では理解しきれていない。

だが、その惑いも迷いも、戦場には持ち込まなかった。

彼女たち、ことに天河舞姫の本質は救世主だ。己《おの》が瞳に映る弱き者を救うためにその剣はある。

ひとえに、皆を守るため。そのために、彼女たちは剣を振るった。

「ヒメっ！」

「ほたるちゃん！」

ほたると舞姫は、洋上に展開する艦隊、その甲板を一隻二隻と跳びながら、都合八隻を数えるところには旗艦を取り囲んでいた敵航空戦力を粗方《あらかた》潰すことに成功していた。

だが、敵方の兵数は減るところを知らない。続々と集まり続けるアンノウンの大群は変わらず押し寄せてくる。

アンノウン側にしてみれば、まさに水際《みずぎわ》、正念場。肝心要《かんじんかなめ》の戦局だ。ここで上陸を許せば、本拠地であるさいたま管理局にまで乗り込まれてしまう。だからこそ、おそらくは動員できる最大兵力で物量作戦に打って出てきているのだ。

奇襲戦だったはずの戦いは、次第に乱戦へと変わり始めていた。

敵と味方が入り乱れているその様は、まさしく少女たちの胸中と重なる。

誰が敵で誰が味方なのか、概念《がいねん》さえもあやふやだった。

「わけわかんないし意味わかんないし……」

明日葉は甲板に出る扉を蹴破ると、まだらな戦場を睨む。眼前にも、上空にも、敵航空戦力は群れを成している。

それらを不機嫌そうに睨みつけると、明日葉は大きな溜息をついて、肩にかかった髪を勢いよく払った。

「いろいろめんどくさいなぁ！　ほんとにっ！　もうっ！」

うっとうしそうにぶつくさ言って、銃を抜くと、甲板を駆けだす。吹っ切るように、トリガーハピーな笑みを浮かべて、これまでの鬱憤《うっぷん》を晴らすかの如《ごと》く、周囲に銃弾をばらまいた。

柵《さく》を乗り越え、洋上へと躍り出れば不可視の足場を頼りに、アクロバティックな跳梁《ちょうりょう》を見せ、四方のアンノウンに氷炎の嵐を見舞う。

ドンパチガン＝カタ大暴れ。トゥーハンド乱れ打ちの大立ち回り。

あまりに無鉄砲、あまりに無邪気、あまりに無軌道《むきどう》。そして、極めつけに無計画。

だが、それも長くは続かない。やがて、敵に取り囲まれてしまう。

そこに一発の銃弾が放たれる。

寄せ木細工を崩すように、過《あやま》たず、キイパーソンを貫いて、敵の大群がばらばらと崩れた。

魔弾《まだん》の射手《しゃしゅ》は千種霞。

如何《いか》な戦場であろうと、彼のすることは変わらない。敵と味方が入り乱れ、食い違い、相食《あいは》もうとも、その弾丸は間違えない。彼が守るべきものはただ一つ。それを妨《さまた》げる存在を撃つだけだ。

「スナイパー向きの戦場じゃないんだよなぁ……」

明日葉の進路の敵を冷静に撃ち落として、霞は場所を移動する。こうも敵に接近され、かつ大軍で押し寄せてこられては、狙撃手の本分は発揮しづらい。ことに、相手の思考が読めない、あるいは相手に思考があるかどうかもさだかではない場合には、牽制《けんせい》する意図を持った示威《じい》的な狙撃は効果が見えづらい。

ぼやきながら、甲板上をこそこそくさ駆けていると、霞の耳が異音を感知した。これまでに聞いたことのない音だ。

「っ！」

ばっと振り向くと、海中から伸びあがってくるアンノウンの影が辛《かろ》うじて見えた。海中を潜航してきたのか、と察した時には、霞の体は跳ね飛ばされている。

不意打ちを食らって吹っ飛び、そのまま海に落ちるかと思ったが、なんとか船べりの柵に引っかかる。だが、背中をしたたかに打ってしまい、胃の腑《ふ》から血がせりあがってきた。

「……こんなの、普通に死ぬんだけど」

血反吐《ちへど》交じりに、息も絶え絶えに呟けるのはそれくらいだった。痛みと痺《しび》れに襲われて立ち上がることもままならい。

這《は》いつくばって、少しでも距離を取ろうとしたその先で、アンノウンが紅眼《こうがん》を光らせ待ち構えていた。

集束する赤い稲妻、五月蠅《うるさ》い羽音、ぬらぬらと照り返す黒い外殻《がいかく》。

「……あら～」

にへらと笑ってしまった。それで油断したり手心を加えてくれたりしないかしらと思わなくもないが、難しかろう。

視界は赤い光で塗りつぶされてよく見えない。霞はぐっと歯嚙みし、やがて襲い来るだろう痛みに身構える。

だが、どれほど待っても、その攻撃は届くことがなかった。

代わりに、耳に届くのは、暴風雨のような轟音《ごうおん》と、紫電《しでん》が弾ける炸裂音《さくれつおん》。

目を開けば、そこにいるのはヒーローの姿だ。ご丁寧にヒロインを腕に抱《かか》えている。

朱雀壱弥《いちや》は突如として飛来するや、斥力球《せきりょくきゅう》を発生させて、放たれた赤い雷を跳ね飛ばしていた。——おせぇよ、バカ。そう言いかけて霞は口を噤《つぐ》む。ヒーローは遅れてやってくるものだということを思い出した。

朱雀が斥力球で周囲の敵を駆逐《くちく》する間に、カナリアが霞のもとへ駆け寄ってくる。

「霞君、平気⁉　ケガない⁉　大丈夫だった⁉」

「お、おう……」

いやいやどう見ても怪我してるでしょめっちゃ血吐いてるでしょと言いたいところだったが、あわあわはわはわしながらも、すぐさま治療にかかってくれるカナリアの姿を見ると、そうも言えない。適当に生返事をしながら、手持ち無沙汰《ぶさた》に朱雀のほうへ視線をやった。

すると、朱雀はふいっと顔を逸らす。

「こ、これで借りは返したからなっ！」

照れと不機嫌が入り混じったように言うと、腹立ちまぎれに敵を吹っ飛ばす朱雀。

その言葉に、霞は首をひねるしかない。何言ってんだこいつ。

「なに？　……なんて？」

傍らで治療中のカナリアに訊くと、カナリアはうーんと首を捻《ひね》ってからにこぱーっと笑顔で通訳してくれた。

「えっと……、いろいろ迷惑かけてごめんね。ありがとう、これからもよろしくっ！　って！」

「そこまでは言っていない！」

粗方の掃討を終えた朱雀がすぐさま訂正しようと、霞のほうへと振り向く。そして、容体を確認すると、戦えるなら早く立てとばかりにうむと頷いた。

霞は、まだ戦わせせんのかよ、これ労災おりんの？　と言わんばかりに深い溜息を吐いた。

お互いそのまま動くこともない。

相も変わらぬ温度差だ。

だから、その変わらなさが今は朱雀にとって一つの救いだ。

敵と味方があべこべになっても、今までの価値観があべこべになっても、きっとこの関係は変わらないでいてくれる。

きっとこれからも変わることはない。

けれど――と、そう思って朱雀は手を差し出した。

顔は霞のほうに向けられない。言葉だってかけたりできない。

けれど、こうして手を差し出すくらいのことは許されるだろうかと、そんな自問をする。別に仲良くしたいわけでも、うまくやりたいわけでもない。仲間や友達だなどと思ったことさえない。

それでも、今この時だけは言葉にならないいろんな思いに代えて、この手を差し出す。

霞はその手を呆然と見つめる。

なんだこれ。と最初は思った。どうしたこいつ、と続けて思う。それから、まぁ悪くない、と思い直した。

口を開くと思わず余計なことを言いそうだ。だから、霞は「はっ」といつものように、片頬を皮肉げに吊り上げて笑ってみせる。

わざわざ言わなくたって、いいだろう。ちゃんとこの熱が伝えてくれる。

そう思って、霞は朱雀の手を取った。

すると、朱雀は霞の顔もろくに見ずにぐいっと勢いよく引っ張り上げる。立たせたそばから朱雀はさっさと前へ出てしまう。未だ足元の覚束《おぼつか》ない霞はふらりとよろけながら朱雀の後ろに立った。

お互いがお互いの顔をまともに見ないせいで、背中合わせになってしまっていた。

「千葉カス！　この状況はどうなっているんだ！　説明しろ！」

すっかりいつもと同じ調子で憤慨《ふんがい》する朱雀に安堵し、また背中越しの会話のくすぐったさも相まって、霞は思わず笑ってしまう。

「いや、見ればわかるだろ」

「見てわかったら、貴様なんかに聞いていない！」

「そりゃそうだ。……見たって聞いたって教えられたって。……わかんねぇもんはわかんねぇよな」

霞自身、すべてがわかるわけではない。常に達観《たつかん》したようにふるまってみせても、ほとんどのことはわからないのだ。

ただ、霞がわかっていることはただ一つ。己のことだけ。

しみじみと遠い目をして呟くように霞は言う。その要領を得ない返事に、朱雀は舌打ちした。

「くそっ！　俺たちは、何と戦って……なぜ戦っているんだ……」

「まだそんなこと言ってんのお前」

霞はちらと朱雀を見たが、視線を戻し、構えたライフルのスコープを覗く。

「……答えなんてシンプルだろ」

霞の視線の先には舞うように戦う明日葉がいる。その明日葉のもとへ向かうアンノウンを即座に撃ち落とした。明日葉もそれに気づき、振り返りざま、霞に微笑みを向ける。それに霞はかすかな頷きと吐息だけで返した。

ふたりのやり取りを見ていた朱雀はくっと歯嚙みする。

本当に、シンプルだ。

結局のところ、戦う意味や理由など些細《ささい》なものなのかもしれない。だから、見ても聞いても教えられても、それを理解することは叶《かな》わない。

ただ、自ら考えて、感じることはできる。

朱雀は一瞬、後ろに控えるカナリアを振り返った。カナリアはきょとんとして、笑顔で首を捻り、それからぴょこぴょこと手を振ってきた。

そのあざとさに、朱雀は。自分が今抱きかけた考えはやはり間違いではないかと思いそうになってしまった。

だが、今はそれを信じるべきなのだろう。

朱雀はふんっと顔を背け、眼前を睨む。

「……守るためにはやるしかない、か……貴様のように単純だと楽でいいな」

毒づいて、朱雀は斥力球を展開させた。その傍らで霞が肩を竦《すく》める。

「ばっかお前、単純なものこそ奥が深いんだよ。盆栽《ぼんさい》とか始めてみたら？　あと、あれな、俳句詠《よ》むとか」

言いながらも、銃口は既に敵へと向いている。朱雀が飛び出すであろう位置にいる敵を牽制すべく引き金を引いていた。

シグナルはオールグリーン。いつだって朱雀は飛び立てる。

「俺が隠居するのは……世界を救ってからだ！」

「……はいはい、勘違いヒーローさん」

叫んで、朱雀は前へと進んだ。霞は皮肉げに笑って、その背を守る。

戦場の一番前にいた男と、戦場の一番後ろにいた男。

誰かに背中を預けることさえできなかった二人。

昔も今もこの先も、きっと違う方向を向いて、違う道を選ぶのだろう。

それでも、今は確かに、並び立っていた。

わたしはいっちゃんが大好きです。

甘くて美味しい金平糖より、透き通って気持ちのいい歌より、決して手に入らなかった空飛ぶ力より、もちろんちっぽけなわたしなんかよりも、わたしはいっちゃんが大切です。世界のなにものにも代えられません。

誰かのことを考えるたび、胸が痛くなったり温かくなったりする現象を、年頃の女の子は恋と呼ぶそうです。

いっちゃんはとても強くて格好よくて優しい男の子です。

東京都市で同じ戦闘科に配属されたあのときから、わたしとは比べものにならないぐらい、世界にとって価値がある人です。

いっちゃんがわたしに優しくしてくれると、なんだか胸が痛くなります。いっちゃんが誰かに優しくしているのを見ると、とっても胸が温かくなります。

これは恋なのでしょうか。

いっちゃんのことを考えているだけで、わたしはちょっぴり嬉しくなってしまいます。

誰かと幸せになってくれたら、きっと心の底から嬉しくなると思います。

たとえば霞くんと一緒にいるいっちゃんは、いつも生き生きとしていて、本当の幸せに一番近いところにいると思います。

その姿を想像するだけで、がんばろう、もっとがんばってがんばってがんばってがんばらなくちゃ、えいえいおーー！　という気分になります。

これは恋なのでしょうか。

これも恋なのでしょうか？

わたしにはわかりません。

でも——答えなんてシンプルだろ、と霞くんは言いました。

そうです。いっちゃんを幸せにするために、わたしは戦っているのです。

いっちゃんには必ず幸せになる権利があります。

世界が何度引っくり返ったって、世界にどれだけ裏切られたって。

なにかと戦わないといけないとしても、なぜ戦うのかわからないとしても。

わたしはいっちゃんが——いっちゃんのいる世界が、大好きです。その気持ちにどんな名前がつけられようと、一切関係がないのです。

今は、いっちゃんが、わたしの世界そのものなのかもしれません。

だから。

まだ、この世界で生きていてもいいですか？

#11 双極のファミリア

QUALIDEA CODE

　さいたま管理局の一室から、夕浪愛離《ゆうなみあいり》は一人、激戦区東京の遠望を眺めていた。地平線上では幾筋もの閃光《せんこう》が奔《はし》り、火の花が咲いては散っていく。

同胞か、あるいは相手方か……。いずれにせよ命の煌《きら》めきは儚《はかな》く、美しい。水面《みなも》が波立つように、夕浪の瞳が揺れる。

「愛離。本部の偵察隊《ていさつたい》が戦闘を開始したぞ」

　言いながら室内に朝凪求得《あさなぎぐとく》が入ってきた。朝凪は夕浪の背後に立ち、彼女の頭越しにガラスの向こうを見やる。二人が見る光景は、おそらく違う。夕浪は戦場をこそ見て、朝凪はガラスに映る彼女の顔を見ていた。

　夕浪はそっと目を伏せると、物憂《ものう》げな背中を朝凪に預ける。

「そう……。ようやく、終わりにできるのね」

「ああ」

　寄りかかる夕浪を支えるように、朝凪も真摯《しんし》に頷《うなず》き、続ける。

「楽しみだな。君の戦う姿は綺麗だから」

それは冗句《じょうく》でも世辞でもない彼の本音だったが、夕浪の微笑みは自嘲《じちょう》めいていた。

「綺麗、かしら……。何度も体を乗り換えてきて、今が一番相性はいいけれど」

夕浪は自《みずか》らの手に視線を落とす。子供たちの頬に触れ、頭を撫《な》で、体を抱きしめてきたこの手は、一見しなやかで繊細だ。

しかしこれは本物ではない。いわば借り物。或《ある》いは仮宿。そんな虚像で戦う姿は果たして、讃美に値《あたい》するものかどうか、夕浪には判然としない。

けれど、朝凪の手は歴《れっき》とした答えを返す。後ろから腕を回し、手と手を絡《から》めた。

「俺との相性も良かったな」

「ばか」

優しくおどける朝凪に、夕浪は照れの交じった甘い声音《こわね》で窘《たしな》める。

睦言《むつごと》めいた言葉のやりとりはこれまでにもたくさんあった。寝物語にいろんなことを話した。

そんなことを思い出して、夕浪は夢物語を呟《つぶや》いた。

「できることなら、違う体、違う生き方をしてみたかった……。私たちは、子供を残すことができないから」

「その取捨選択を進化と呼ぶのさ」

朝凪の返答は一側面の事実を伝えるものだ。しかし、夕浪は首を横に振った。

「ううん。ただ死にたくなかっただけ。今じゃ自分がどんな生き物だったか覚えてる者だっていない。……本当に、〝アンノウン〟ね」

それは端的に彼女の、否《いな》、彼女たちの成り立ちも行く末をも指した言だ。朝凪は随分《ずいぶん》と昔にそれを知った。

生物が当たり前に持つ原初の願いを、果たして誰が否定できるだろう。だが、そんな肯定《こうてい》をされたところで、夕浪が喜ぶはずもない。時に、沈黙こそが何より優しい言葉であることを歳《とし》経《へ》た男は知っている。だから、女はその間に語る。

「あの子たちと触れ合って、初めて知った……。おかしいわね、最初は道具やスペアくらいにしか思っていなかったのに」

自嘲の交ざる微笑みは物悲しい。朝凪の胸に甘噛みするような痛みが走った。

「なにもおかしくはないさ」

朝凪は優しく、力強くそう断言した。彼が肯定すべきは生物としての在《あ》り方《かた》ではなく、彼女の在り方、夕浪愛離の選んだ生き方だ。

「君は、よく笑うようになった」

そして、言下に破顔《はがん》する。釣り込まれて、夕浪も口元を綻《ほころ》ばせた。

「……また、笑えるようになるかしら」

「そのために、今は戦うんだ」

見つめ合う二人の視線はやがて、遠く、東京の夜空へと戻る。

熾烈《しれつ》な戦火に臨《のぞ》む二人の横顔は、決意に引き締められていた。

その決意と呼応するように、さいたま管理局の上空では、異形《いぎょう》の軍門が開け放たれる。

×　×　×

東京湾海上に展開したヨハネス軍艦隊はじりじりと内陸への距離を詰めている。およそ三十年越し悲願の本土上陸に向けて、着々と歩を進めていた。

だが、それに待ったをかけるかのようなアラートが鳴り響く。

「──さいたま管理局と思《おぼ》しき地点より膨大《ぼうだい》なアンノウン反応！　一〇〇……二〇〇……どんどん増えていきます！」

旗艦《きかん》のブリッジに緊張が走る。ホログラムディスプレイの戦況図に瞬《また》いているのは、敵勢力を示す無数の赤星。その赤星が異様な速度と密度で増殖するポイントを、レーダーは捕捉《ほそく》していた。

「あそこが次元掘削《くっさく》ホール……」

総司令官千種夜羽《ちぐさよはね》は、戦況図を見据えて独《ひと》り言《ご》ち、即断即決、即座にマイクを手にした。

「総員そのまま聞きなさい！　このまま戦闘を続行！　敵司令部に攻め入り、ゲートを奪取、封鎖《ふうさ》、ないし破壊。その後残存勢力を殲滅《せんめつ》します！」

命令一下、戦《いくさ》に拍車《はくしゃ》をかけた。侵攻目標の明確化により、戦線はなお加熱し、激しい攻勢の局面へとなだれ込む。

新たな戦力が参戦したことにより旗色は悪くない。子供たちは迷いや惑《まど》いを抱《かか》えながらもよく戦っている。

だが、その奮戦《ふんせん》ぶりを見て、夜羽はふすっと不満げな息を吐いた。

「副司令、ここを任《まか》せますよ」

「はっ。司令はどちらに？」

拝命《はいめい》しつつ副司令が伺《うかが》うと、夜羽はくるっとターンし、しゃららんと裾《すそ》をなびかせた。そして、茶目っ気たっぷりにきらん☆とウィンク（横☆ピース♪）。

「子どもたちのお迎えに行ってきます。きゃぴきゃぴの新米ママは、子供が心配なのです」

「………………」

副司令は絶句した。

その沈黙の間も夜羽はヨハ☆ネスっと、ばっちり今度は口元ピースで小顔効果を狙《ねら》った決めポーズをして、全身で若人《わこうど》オーラをアピールする。

副司令は煩悶《はんもん》した。若さとはなんだと自問した。振り返らないことかと自答した。それとも振り切ってしまうことかと自己分析した。文系ならそれでも正解だっただろう。

「恐れながら司令、ご自分の年齢を弁《わきま》え――」

しかし、副司令は理系出身だった。数字には厳密なたちだった。できることなら、そのポーズ自体古いのではと言い添えたかった。

しかし、わざわざ言うまでもなく、千種夜羽はちゃんとポーズを変えてくれた。

すちゃっと構えて、チャカをカチャ☆　全員殺せば結果的にラブ&ピース♪　と言わんばかりにヨハネスマイルで銃口を向けている。

「………………」

時に、沈黙こそが何より優しい言葉であることを歳経た男は知っていた。

×　×　×

舞姫《まいひめ》の命気《オーラ》の大剣が、ほたるの不可視の閃刃《せんじん》が、小型アンノウンを掃討《そうとう》する。またあるところでは、アンノウンの群体の間隙《かんげき》を縫って、明日葉《あすは》が氷炎《ひょうえん》の銃弾と共に舞う。その縦横無尽《じゅうおうむじん》な明日葉の進撃を、援護射撃で支えるのは霞《かすみ》だ。

彼らの奮闘ぶりは目覚ましい。ヨハネス軍に引けをとらないどころか、主力として戦線を押し上げていく。

だが、躊躇《ためら》いに足を止める者もいる。

「なんなんだこいつらは……」

異形の大軍を前に、朱雀壱弥《すざくいちや》はどこか二の足を踏んでいるようだった。出力兵装で左腕を鎧《よろ》い、臨戦態勢にこそある。事実、自分に向かってくるアンノウンは斥力球《せきりよくきゆう》で全て迎撃した。だが、朱雀は足元に転がるそれらアンノウンの残骸に目を奪われてしまう。

朱雀はこれまで多種多様な〈アンノウン〉——もとい、敵と誤認させられてきた人類の軍用無人機と対峙してきた。様々な異形の型を目の当《ま》たりにした。

しかし、朱雀が今相手取っているのは、過去に見てきたどの〈アンノウン〉にも類しない異形。既知《きち》のアンノウンをより有機的に、より獣的に変容させ、それ故禍々《ゆえまがまが》しさとおぞましさを増したものだった。

さしもの朱雀も、動揺を禁じ得ない。いや、朱雀のみならず最前線で驍勇《ぎようゆう》を振るう舞姫も、ほたるも、明日葉も、霞も、戦果こそ上げれどもその動きは今ひとつ精彩に欠く。

その原因は、わずかながらも見え隠れする、士気の揺らぎ。躊躇《ちゆうちよ》。

彼らは今、狭間《はざま》に立っている。何が正しいのか、迷い、惑い、揺れ動いている。焦燥《しようそう》や衝動が彼らの背中を押して突き動かしているに過ぎない。

だから、もしも、誰かが優しく手を引いて、引き戻したのなら。その歩みを止めることもあるかもしれない。

「——それが、あなたがたが今まで共に暮らしてきた大人たちの正体ですよ。異次元から来たまったく別の知的生命体。絶対にわかり合うことの出来ない、わたしたちの敵です」

立ち尽くす朱雀の背中に、夜羽はそう声を掛けた。

×　×　×

吹き付ける潮風にもかき消されず、朱雀の戸惑いの声が響く。

「——待ってくれ！　あんたが何を言ってるのか、俺にはまったく理解できない！」

ヨハネス軍旗艦《きかん》の甲板《かんぱん》で、朱雀が夜羽に質《ただ》した。沿岸で戦っていた一同も一旦後退せよと、夜羽直々《じきじき》にここまで呼び戻されている。夜羽は朱雀に、そしてこの場にいる我が子らに向けて、問いへの答えを返した。

「アンノウンがこの世界に侵攻したのは領土や資源を奪うためではありません。子供たちを自分たちに近い身体に改造して、その身体を乗っ取ることで新たな進化を遂《と》げようとした異世界の、に——……」

その単語を言いかけて、飲み込んだ。

「……バケモノです」

浅く噛んだ唇を再び開いて、決然と、そう断言した。

姿かたちのみならず、そもそも生物としての理《ことわり》が違う存在をバケモノと呼ぶ神経は理解できる。また、実際に攻撃を、侵略を受けた身なればこそ抱く怨嗟《えんさ》もあろう。異方からの来訪者と不幸な第一次接触からその存在を受け入れがたいのもわかる。

だが、朱雀たちは違う。

〈世界〉や〈命気《オーラ》〉という超常の現象をその身に宿しているから、異次元の生命体が存在することに対して、否定から入りはしない。侵略の歴史も彼らの中では反転した記憶として植え付けられていて、その行為を嫌悪こそすれ憎悪とまではいかず、未《いま》だ当惑《とうわく》の色が濃い。

何より、彼らにとっては朝凪も夕浪も一人の人間だ。ヒトとヒトとして関《かか》わった。ひととせふたとせと同じ時を重ねた。

それが事実だ。

千種兄妹《きょうだい》はいざ知らず、他の者にしてみれば千種夜羽の存在のほうが馴染《なじ》みは薄い。いきなりこれが真実だと突き付けられて信じろというのも無体な話だ。

それでも、と、朱雀は歯噛みして足元を見やる。そこに転がるアンノウンの遺骸、床を濡らす緑がかった体液、それらが夜羽の言葉に重みを与えていた。

軽々《けいけい》に正否を唱えることができず、誰もが口を噤《つぐ》む。

「た、確かにアンノウンはそうかもしれません……。でも、あの二人は違うんです……」

ただ一人、青生《あおい》だけは反論の声を上げた。震える声で誰にともなく必死に訴える。それは届かぬ祈りに似ていた。

「何年もあの人たちと暮らしてきたのに……大切なことをたくさん教えてもらったのに、そんなに簡単に割り切れません。私たちがあの街で暮らした思い出も、あの世界で見てきたものも、あの人たちから受けた愛情も、何もかも嘘だと言うんですか……！」

青生の脳裏に浮かんでいるのは言うまでもない、朝凪と夕浪の二人の顔だ。

あの二人はヒトではない。それは嫌というほど理解している。確かに違う生命なのだろう。疑いはしない。

しかし、あの二人が自分に向けてくれたあの温かな眼差《まなざ》しや、言葉や、触れ合いまでも嘘だったなどとは思えない。

ましてや、あの二人がバケモノ？　とんでもない。自分に害をなす存在を仮にバケモノと呼ぶのなら、青生にとってのバケモノは他にいる。

自分を育ててくれたあの二人こそが、自分にとってのヒトの規範《きはん》だ。

「……ずっと違う世界を見てきた。今見えているこの世界を本当に信じていいのか？」

青生の懊悩《おうのう》に、朱雀も同調するかのように困惑を示した。

目に映るものが真実だとは言い切れない。現に彼らの眼はずっと虚像を映していたのだから。

まやかしが解けたとしても、疑う心は解れていないのだ。

他の面々も、口には出さずとも同様だ。舞姫は俯《うつむ》き、霞は明後日《あさって》の方へ視線を流す。

「これが〝真実〟です」

夜羽は強く言い切った。確かにそれは彼女にとっての真実に相違ない。歴史的事実と長き時間に裏打ちされた揺るぎないものだ。

けれど、夜羽は知っている。真実は主観に根差すことを。他人と少しでも主観の基準が異なるものは、自分だけの真実を手にして、この世界にひとりぼっちであることを。

だからせめて、と。

「でも、安心してください。戦えなんて言いませんよ。これはわたしたちの仕事です。だから早く中へ戻って安全にしていてください」

平穏たれと、かすかな願いを込めて微笑んだ。子供が大人になるまでの間、たとえわずかな時間であっても、残酷な世界の真理から遠ざけて守るのは大人の役割だ。

だが、大人になるタイミングは人によって違う。子供のままでいることだってある。だからそれぞれの反応はやはり異なるのだ。

「真実なんて……私はいらなかったのに……！」

青生は悲痛な吐露《とろ》を残してその場から走り去った。

「青ちゃん！」

「ヒメッ！」

その後を、舞姫とほたるが追いかけていく。

「真実……」

朱雀は忌々《いまいま》しげに呟き、その場を後にし、カナリアが気遣《きづか》わしげに、そっと寄り添う。

では、我が子らは……と、夜羽は霞と明日葉に向き直った。

「……さ、あなたたちも」

中へ入るよう促《うなが》すと、棒立ちの霞が薄い溜息《ためいき》を吐いた。

「お前らだけで戦えんの？」

文句ありげで面倒そうに、さも嫌々聞いているのだと言わんばかりの態度。夜羽は思わず目を瞬《しばた》いた。抱いたのは、懐かしいだなんて場違いな感想。それから、似てるなぁとしみじみ感じ入り、湧き上がった嬉しさにふっと微笑む。

その笑みを霞と明日葉は怪訝《けげん》そうに見た。

自分たちの〈世界〉が現戦況下で有用であることは明白。事実、先ほどまで戦場の最前線に立ち、内陸侵攻に貢献《こうけん》していた。それが抜ける穴は大きかろう。霞からすれば前《さき》の言葉は純粋な疑問であり、また同時に言外での戦闘参加の意思表明だ。

無論、夜羽もそれはわかっている。だから、答える代わりにへへんと肩をそびやかした。

すると、艦内放送とサイレンが鳴り響く。

『アンノウン絶対殺す砲発射準備、総員退避せよ』

副司令の号令に合わせ、艦体が揺れる。重厚な金属音の軋《きし》みとともに、甲板と艦首が割れ、かくて格納庫は全開となり、そこよりせり上がる影がある。

鈍《にぶ》く黒光りする鋼鉄の筒。艦の半分ほどもある、巨大な砲身。

ヨハネス軍が誇る、対アンノウンの決戦兵器〝アンノウン絶対殺す砲〟である。

「奇襲にはちょっとびっくりしちゃいましたけど、でもあれくらい何でもありませんよ。自分の子供と殺し合うことに比べれば楽勝楽勝大虐殺！」

仰々《ぎょうぎょう》しい主砲の登場に、霞と明日葉は呆気《あっけ》にとられている。

かたや夜羽は「勝ったな！　ガハハ！」と得意げに笑ってみせ、意気揚々《ようよう》で二人をコンソールルームへと連れていった。

そこではオペレーターたちが、迅速《じんそく》な手際《てぎわ》と連携で制御盤を操作しており、展望窓からは砲がゆっくりと頭をもたげるのが見える。やがて砲口は大挙して押し寄せてくるアンノウンの大群体を睨《にら》んで、ぴたりと止まった。同時に、コンソールルームの喧騒《けんそう》も止《や》む。

「アンノウン絶対殺す砲、発射準備完了です」

にわかに訪れた静寂《せいじゃく》に、オペレーターの一声が飛ぶ。

夜羽は勝ち気な笑みを形づくり、高々と腕を振り上げた。

「わたしは知っています！　人の主観はすれ違うもので、正義と悪も人それぞれだということを……。死ねーとか殺すーとか言う前に、きちんと話し合うべきなのです！　――でも、アンノウンは人ではないから関係ないですね？　この場の正義はただ一つ！　わたしだけが正義！わたしこそがジャスティス！　アンノウンはみんな死ねー！　……ぽちっとな♪」

一気呵成《いっきかせい》の口舌《こうぜつ》から、流れるように夜羽は手元のスイッチを押した。その押し様を見て、明日葉はつい「おお……」と感嘆《かんたん》の声を漏らした。こんなところで千種家の血筋を垣間見《かいまみ》るとは、とやや感動していた。一方、霞は自己嫌悪に苛《さいな》まれでもしたか、苦々しげな表情をしている。

二人をよそに、砲身は光子《こうし》を集束させる。刹那、砲から青白き閃光が放たれた。爆音で大気は震え、地を揺らし、海が沸《わ》いた。輝ける波動は軌道上に轍《わだち》を残し、沿岸都市部のビル群を穿《うが》ち、空が霞《かす》むほどのアンノウンの大群を焼き払う。

沿岸上空は、夥しい爆炎の繚乱《りょうらん》で彩られた。

「敵航空戦力壊滅！」

「勝てる！　これなら勝てるぞ！　次弾発射準備！」

圧倒的火力とその戦果に、コンソールルームで快哉《かいさい》があがった。霞も明日葉も目を瞠《みは》り、夜羽はどやと胸を張り、どやさどやさとドヤ顔を見せる。

これにより戦局を大きく引き寄せ、勝敗はほぼ決したかに思われた。

だが、次の瞬間、けたたましいアラートが鳴り響いた。

「！　敵残存勢力が本艦に集中しています！」

陸海空、戦場に残存するアンノウン全てが、攻撃目標を一斉に変えた。眼前のヨハネス軍勢には目もくれず、旗艦に殺到。編隊を組んで急速に接近、否、突撃してくる。

コンソールルームに緊張が走った。

「シールド展開！　近づけるな！」

泡《あわ》を食ってオペレーターが号令。艦体をエネルギー障壁《しょうへき》で覆い、連装砲で弾幕を張る。

だが、堅固の防御もアンノウンの決死の突貫《とっかん》に破られた。

累々《るいるい》の犠牲を越えてついに、一体のアンノウンがシールドにとりついた。ダメージを受けるのも顧《かえり》みず、エネルギー障壁の亀裂《きれつ》に無理やり頭部をねじ込んでくる。

結果、船員とアンノウンが正面を切って対峙《たいじ》する形となり、双方を隔《へだ》てるのは展望窓一枚のみ。船員は慄然《りつぜん》とし、対するアンノウンは致命傷を負うも、視覚器官と思《おぼ》しき水晶体を不吉に光らせる。

その、苛烈《かれつ》にぎらつく風前の灯《ともしび》は、アンノウンの意思を雄弁《ゆうべん》に語っていた。言葉が通じずとも、思いのほどが知れる。死なばもろとも。

「!?　まずい！」

オペレーターが叫び、夜羽は息を吞む。霞と明日葉は条件反射的に、その場で姿勢を低くする。

アンノウンが放ったエネルギー波が、船員の視界を紅蓮《ぐれん》に染めた。

直後、展望窓は爆砕し、コンソールルームに破壊の風が吹き荒れる。船員の悲鳴と絶叫は、轟音と崩落音にかき消された。

「――くっ……」

割れた展望窓から風が吹き込み、煙塵《えんじん》を浚《さら》う。火薬の匂《にお》いに、潮の香りが混ざる。

程なくして残響も静まり、そこかしこでうめき声が漏れ聴こえ始めた。霞と明日葉が、体の痛みを押して起きると、目を覆うばかりの惨状が広がっている。

主砲の制御盤は、もはや全壊。程度に差はあれど、オペレーターも殆《ほとん》どが負傷し、床は大量の血で汚れている。

「――かはっ……」

夜羽もまた、その例に漏れない。

制御盤にもたれかかり、夜羽は喀血《かっけつ》する。その脇腹には金属片が刺さり、みるみる軍服を鮮血に染めてゆく。

「お、お母さ……」

「おい！」

明日葉は喉《のど》を引きつらせ、霞は血相を変えて夜羽に駆け寄る。傷が深いことは一見してわかった。にもかかわらず、夜羽は体を引きずって、制御盤に細腕を伸ばす。

「ごほっ……攻撃を、続けて……」

口の中に溢《あふ》れる血でくぐもった声に明日葉は戦慄《せんりつ》した。

数多《あまた》の戦場に立っても、一度たりとて恐怖を覚えたことはないのに、脚が震えて動かない。だって、初めて目《ま》の当たりにしたのだ。何かを失うリアリティを。

小さいころの記憶はほとんどない。あるのは、自分の手を引いてくれるかけがえのない存在のことだけ。だから、持っているものはそれだけだと思っていた。いつもその存在に守られて生きている実感があった。それを失う時は自分も死ぬ時だと心の底で理解していた。つまるところ、生きているうちに自分が失うものはないのだとわかっていた。

けれど、違う。

自分は今、大事なものを失いかけているのだと気づいた。なのに、わなわなと唇が震えて名前も呼べず、かちかちと歯が鳴って呼吸もままならない。伸ばそうとする手はがちがちに固まっていた。

夜羽は床を血で汚しながらも、這《は》ってスイッチへと手を伸ばす。

「ここで絶対に、殺さ、ないと……今度こそ……守る、から……」

二度と手放さない、なんて虫のいい話だ。一度はその手を放してしまったのに。それが不慮《ふりょ》の事故と不幸な偶然が重なった結果であったとしても、その事実は変わらない。責任はすべて自身にある。神だとかあるいは運命程度の吹けば飛ぶような軽い存在に翻弄《ほんろう》されてしまった自分の至らなさが悪い。

だから、自分を呪った。つまりはこの世すべてを呪った。我が子を失ったその時に、この世界には自分以外存在し得なくなったのだから。

これは贖罪《しょくざい》でも復讐でもない。ただ権利の行使であり、義務の遂行《すいこう》だ。

そして、口の端に血泡《ちあわ》を噴きながら、砲の発射スイッチを押す。反応しない発射スイッチを、何度も、何度も押す。

その手を霞が止めた。

「バカ！　それどころじゃないだろ！　明日葉！　行くぞ！」

霞は夜羽に肩を貸し、医務室へ向かおうとする。声をかけられた明日葉は肩をぴくりと跳ねさせて、弾《はじ》かれたように駆けだした。どう触れていいのかわからなかったが、霞に倣《なら》って夜羽の背に手を回す。と、霞の腕に一瞬触れた。その腕は滴《したた》る血に塗《まみ》れても力強く、そして温かで、それを感じるだけで明日葉の萎《な》えかけた脚はしゃんと立つ。

別に霞も冷静だったわけではない。むしろ、動揺の度合いで言えば、明日葉よりもひどかった。目の前で母が血を流し、倒れる姿を見た瞬間、さっと血の気《け》が引いて頭は真っ白になった。けれど体は勝手に動いていた。それは条件反射だったのかもしれない。記憶も曖昧《あいまい》な幼い頃に親から言いつけられた条件付けか、それとも長年妹の傍《そば》にい続けたことで培《つちか》われた習性か、あるいはそのどちらもか。

いずれにせよ、家族を守るのだという意識は識閾下《しきいきか》で働いていて、もはや本能だった。千種霞はそのためだけに生きていると言っていい。

その熱を感じながら、夜羽は力なく笑う。

「……霞くん、本当に大きくなりましたね。どことなくお父さんに似てしまったのはちょっぴり残念ですけど」

「ちょっと？　そういう遺言《ゆいごん》やめてね？」

なんでこいつはこんな時にもしょうもない冗談を言うのだと、毒づきながら霞は急いで医務室へと足を向ける。

「明日葉ちゃんはわたしに似て可愛いですね。ただその赤毛はお父さんの、……あ、これは言ってはいけないやつでした」

「えっなにそれ」

にこりと微笑む夜羽に明日葉は頓狂《とんきょう》な声を上げる。そうやって混ぜっ返しでもしないと、うまくコミュニケーションがとれない。素直じゃないのはどちらの血筋ですかね……と夜羽は内心苦笑した。

けれど、二人ともあの人に似ているから、似てしまったから——。

「……ブリッジへ向かってください……」

夜羽は昔のようにわがままを言った。今は他にそれを許してくれる人はいないから。

×　×　×

ブリッジは先のアンノウンの攻撃に揺れていた。

「――報告！　さいたま管理局上空に敵影《てきえい》！　増援のようです！」

ホログラムディスプレイの戦況図が、おもむろに不吉なシグナルを発する。ブリッジの指揮を任されていた副司令は、オペレーターの報告に苦虫を噛み潰す。

主砲の一撃で、敵を示す赤星は大きく数を減らし、戦闘空域には一瞬の空白が生まれた。だが、それはほんの束《つか》の間《ま》のことでしかない。アンノウンの反撃は主砲を沈黙させ、艦隊に甚大《じんだい》な被害をもたらした。その対応に手間取らされている間に、再び戦況図に赤い光点が次々と灯《とも》り始めていた。

しかし、それらの光が近づいてくる様子がない。オペレーターが訝《いぶか》しんだ様子でおそるおそる報告を上げる。

「……ですが、様子が変です。砲撃を警戒しているのでしょうか？　接近してきません」

「しかし、その砲撃が、もう……」

現状、主砲は復旧の目処《めど》も立っていない。

「ううむ……ここは一度態勢を立て直すべきか……」

副司令は悩んだ末、常に倣って慎重策を選びかける。大概《たいがい》が無茶なことを言いだす総司令の歯止めとして、あるいは現場との緩衝材《かんしょうざい》としてそうした手を取るのは彼の習い性《しょう》となっていた。

だが、それに待《ま》ったをかける者がいる。

「……いいえ。退《ひ》きません。ここで終わらせます」

それができるのはただ一人、総司令たる千種夜羽だけだ。霞と明日葉に支えられながら、夜羽が階層間リフトでブリッジに降りてくる姿に副司令が目を剝く。

「司令!?　は、早く担架《たんか》を！」

夜羽の脇腹から、なおも流れ続けている血を見て、話もそこそこに副司令は大慌てで救護班を呼びつける。その胴間声《どうまごえ》はクルーに向けているようで、その実、夜羽を咎《とが》める色がある。そんな怪我をおしてまでなぜここへ来たのかと責めているようですらあった。

そして、それは霞も明日葉も同様だ。むしろ副司令よりもずっと、その思いが強い。だが、夜羽はそんな視線に対し、苦しげながらも笑みを返した。

「わたし個人としては？　霞君も明日葉ちゃんも戻ってきてくれたので、あとは正直どうでもいいんですけど……そうもいかないんですよねぇ……。こんなピチピチで見た目も心も脳年齢も若い、スーパー可愛い処女天使のわたしですが……一応大人ですので」

息も絶え絶えのくせに、震える声音で途切れ途切れの冗談を飛ばしてみせる。その凄絶《せいぜつ》な在り方に霞は苦笑するほかない。

「俺たちはどうやって生まれたんだ……」

「聖母ですから」

夜羽のしたり顔に、霞は呆れてため息をついた。まったく大した奴だよほんとに。

昔からこの母親はこうだった気がする。ただ転んだだけとか人とぶつかったとかそれくらいのなんてことないことでぴーぴー騒ぐくせに、本当に辛《つら》い時には笑うのだ。そんな時は確か父も皮肉げに片頬吊り上げ苦笑して軽口を返してやっていた。だから、霞にもそれが当然のことだと思える。

だが、霞は霞。父とは違う。それを夜羽はきちんと告げる。

「あなたたちが戦う必要はありません」

霞と明日葉に微笑んで、その頬にそっと触れた。

きっと、他に言うべき言葉はあったのだろう。けれど、大事なことは言わないで、どうでもいいことばかりはぺらぺらと。

それでもわかる。言葉に耳を澄まして本音を探して、肌を伝う温《ぬく》もりで理解して、最後は行動で示してみせる。

それがうちのやり方だ。

夜羽は我が子の頬から手を離し、そのまますっと親指を立ててみせる。

「副司令、作戦は、いつもの、で……」

気力を振り絞って指示を出すと、夜羽は眠りにつくように、脱力して瞼《まぶた》をそっと閉じた。

「司令！」

「お母さん！」

「おい！」

副司令が、明日葉が、霞が呼び掛けるも、返事はない。

救護班が担架を携えて駆け込んできたのは、それから間もなくのことだった。

×　×　×

厳重な警備システムに守られるさいたま管理局。その最奥《さいおう》には、殊更《ことさら》の厳戒態勢が敷かれた施設が存在する。

コールドスリープセンター――大災禍《だいさいか》に見舞われた子供たちを、安寧《あんねい》の未来まで運ぶ、時の揺り籠《かご》である。

ドーム状の広大な空間で、床一面はすり鉢《ばち》状。そこに無数のポッドが規則正しく埋め込まれており、その中に子供たちが眠っているのだ。各ポッドには小窓が設《もう》けられ、子供たちの寝顔が覗き見える。平時であれば、無論静かな寝室だ。

しかしヨハネス軍が一大侵攻を開始した今、コールドスリープセンターは〝大人たち〟の足音と話し声で騒がしく、慌ただしい。

当然だ。

両軍はまさしくこの場所、この子供たちを巡る争奪戦を、長きにわたって繰り広げてきた。

となれば、現状それを手中に収めているアンノウン陣営が、敵軍の手の届かぬ場所へ子供たちを移送しようとするのは自明の理。

既にいくつものポッドが空になっているが、まだまだその進捗率《しんちょくりつ》は一割にも満たない。作業は急を要する。

と、出入り口の扉が開き、二人の男女が入室してきた。

この緊急事態にそぐわず、悠然《ゆうぜん》とした足取りだった。

敵と交戦中の今、このような後方にいていい二人ではない。陣頭指揮に立ち、人間どもを退《しりぞ》けるのが役目ではないのか。〝大人たち〟はその二人、朝凪と夕浪の存在を訝しみ、作業の手を止める。戸惑いのどよめきが、さざ波のように広がる。

朝凪はそんな〝大人たち〟をざっと見渡すと、口元にニヒルな笑みを浮かべた。

「さて、ご老人たち、お別れの時間です」

それは一方的な、決別の宣告だ。〝大人たち〟の呆《ほう》けた顔といったらない。この生き物は何を言っているのかと怪しむように、どういうことだと口々に呟いた。

しかし、それは朝凪に向けられてはいない。

ただ一人、夕浪にだけ視線は向けられている。

その問いかけに応《こた》えるように、夕浪が細腕を差し伸べた。

直後、室内の空気に乱流が生じる。それはまるで、不可視の大海蛇《だいかいだ》が宙を縦横無尽に泳ぎ回ったかのようだった。

だが、〝大人たち〟がそれを感じることはない。

不可視の大海蛇に食い破られたように、突如〝大人たち〟の頭部が弾け飛んだからだ。

〝大人たち〟の血と肉片が飛散して、ポッドの小窓を汚す。

しかし、幸いにして子供たちは夢の中。悪夢に等しいグロテスクな映像を目にすることはない。

ただ、その光景を生み出した張本人夕浪は、痛ましげに眉尻《まゆじり》を下げた。

罪悪感や良心の呵責《かしやく》、ではない。

彼女の視線は同胞の亡骸《なきがら》へではなく、今しがた汚した我が手に向けられている。

「あっけないものね……もっと心が乱れるものだと思ってたのに、同族を殺しても何も思わない……。やっぱり私は、ヒトではないのね……」

「愛離……」

切なく吐露する夕浪に、朝凪は掛ける言葉を見つけられずに苦る。すると、かえって夕浪のほうが朝凪を気遣うように頭を振った。

「大丈夫、わかっていたことだから。私はアンカーであり、ゲートキーパー……。ここのゲートは本部からしか閉じることが出来ない」

そして、数歩前に出ると、遥か上空で広がる黒々とした虚穴《きよけつ》を見上げた。

「……でも、もしアンカーである私がこの世界で殺されたとしたら、……何よりも〝死〟に臆病なあの人たちは、きっとこの世界と繋《つな》がろうとはしない」

それが彼女の願い。

此《こ》の世界と彼《か》の世界を結ぶ洞穴《どうけつ》を固定する楔《くさび》、それが破壊されれば此岸《こがん》と彼岸《ひがん》が離れるは必定《ひつじょう》。いくつもの体を乗り換えて、ただ生き永らえることだけを目的に生きる命は、その本能のままに去るだろう。

けれど、それが指し示す意味を思って、朝凪は思わず問いかける。

「……君は、怖くはないのか」

そう口に出してすぐに、朝凪は内心で舌打ちした。慚愧《ざんき》の念にかられて己を罵《ののし》った。

そんなもの、聞くまでもない愚問ではないか――。

しかし煩悶《はんもん》する朝凪に夕浪が返したのは、はにかんだような微笑みだった。恋《こ》い焦《こ》がれるような、希《こいねが》うような、お出かけ前の少女のような笑顔。

はっと、朝凪は息を呑む。

たおやかで、健気《けなげ》で、可憐《かれん》で……涼風に揺れる小さな花のようだなどと、柄《がら》にもなくそんなことをふと思った。

とすればなるほど、確かに夕浪は、ヒトではないのかもしれない。

こんなにも貴い表情を浮かべられるヒトが、一体この世界のどこにいるというのだ。

×　×　×

心電図がメトロノームのように規則正しく一定のリズムを刻む。その音を聞きながら、明日葉は傍らで眠る母の顔を見ていた。

「……なーんかお母さんって実感あまりなかったんだよね」

そう呟く表情には安堵が浮かんでいる。

医務室へ運び込まれた夜羽は即座に処置を施され、今は点滴を打たれながらベッドで眠っている。負った傷は深く、血を多く失い、しばらくは絶対安静。だが、命に別状はないらしい。なので、明日葉ができることはこうしてベッド脇の椅子に座って、夜羽の手を握ることくらいだ。

記憶それ自体は不確かであっても、今感じている体温は確かなものだ。胸の奥に懐かしさがこみあげて、明日葉の瞳は潤《うる》む。

「……でも、やっぱりお母さんだ」

明日葉がこぼした呟きに、霞は夜羽の軍帽を指先でくるくると弄《もてあそ》びながらしれっとした態度で返す。

「残念ながらな」

「残念じゃないし」

憎まれ口を、明日葉はくすぐったそうに笑い流した。

「いやいや残念だろ。そいつ昔と何も変わってねぇよ怖《こえ》ぇよ」

ベッドからやや離れた椅子に腰掛けている霞は恐怖と郷愁《きょうしゅう》の入り混じった眼差しでしげしげと夜羽を眺める。容姿についてはいくらか大人らしく、挙動にも多少の落ち着きは出ただろうか……とも思うが、根本のところで記憶にある夜羽とほとんど変化がない。だが、それを口にすれば、本人は静かに、けれど苛烈に怒ることだろう。これでも言葉は選んでいた。

それでも、口調には在《あ》りし日への懐古《かいこ》と再会の喜びが滲《にじ》んでいる。

「ふーん……なんとなく覚えてる気もするけど、ちょっと自信ないかな」

「お前はまだ小さかったからな。その分、これから甘えてやればいいんじゃねぇの」

明日葉の呟く声には拗《す》ねたような寂しさがあった。霞はあくまで軽く、さらりと、それでも真実その思いを口の端《は》に乗せる。

だから、明日葉の答えかただって同じだ。

「何その子供扱い。ムカつく。なに、その歳でおじいちゃんみたいなこと言うの、イタくない?」

「そうね。まさに今心が痛いね」

二人の低温度な笑いが重なる。

もう充分甘えてきた、と明日葉は思う。母に対してではなくとも、母の代わりとなって甘えさせてくれた人はちゃんといたから。

ただ、霞は言った。甘えてやればいい、と。甘えたかった人ではなく、甘えられたかった人がいると、暗に言っている。

「……けど、それ悪くないかも」

「だろ？　お兄ちゃんダンディー路線結構あるだろ？」

「違うし。ないし。バカじゃん。違うし」

わかってるくせに、と霞を睨みつつ、明日葉は続ける。もじもじと手を合わせ、口先をもによらせて。

「……そういう……なに？　……親子っぽいのもあり……みたいな。あと、お父さんのことも聞きたいし？」

膨れた頬に朱がさして照れくさそうだが、ゆるんだその目元は優しい。

「…………」

霞は何か言う代わりにぽふっと軍帽で顔の下半分を覆った。いい子に育ったでしょ、あんたの娘。さすが俺の妹……なんてそんなこと言ったら親バカ、兄バカの論争が始まってしまう。

「ま、全部終わらせてからだけどね」

霞の沈黙をどうとったのか、明日葉は誤魔化《ごまか》すように伸びをして立ち上がる。

そのまま医務室を出ていこうとしたが、明日葉は一度、振り返り、

「だから、行ってくるね。お母さん」

夜羽の寝顔にそう告げた。

母からの『いってらっしゃい』の返事はないし、いらない。

その代わり、笑顔で『おかえりなさい』と言ってもらうために、笑顔で『ただいま』と言うために、明日葉はその場をあとにした。

そしてそれは、霞も同じだ。

手遊びにいじっていた軍帽を、そっと夜羽の胸の上に添えて、霞は明日葉のあとに続く。

「行ってきます……」

いつぶりだろうか。母にそう言ったのは。思い出しかけて、霞はがしがし頭を掻く。

やめやめ、もうそんな歳じゃないし。……逆にあれだな、もっと歳とったらもうちょい素直に言えるかもしんないけど、今はこれが精一杯。

この母親のことだ。狸寝入《たぬきねい》りを決め込んでいたっておかしくない。子供たちだけの会話を聞いてみたかったのか。それともハイテンションで誤魔化していた分、改まって顔を合わせるのが恥ずかしくなったか。……まぁ、後者だろうと霞はあたりをつける。

そういうところも似ちまったなぁ、なんて思いながら、霞は去《さ》り際《ぎわ》に付け足した。

「――あ、あとあれだ。ヨハネス軍、ちょっと借りるわ」

二人の足音が遠ざかり、やがて聞こえなくなる。

心電図モニターの電子音と、ぽたりぽたりという点滴の音だけが、規則正しく鳴っている。

そこへ、ふっと穏やかに吐息の音が交ざった。

「――……親はなくとも子は育つものですねぇ。さすがわたしの子。そしてさすがわたし、また育ててしまったか」

安堵と一抹《いちまつ》の寂しさ、それと照れ隠しを少々。

母の呟きが静かになった医務室に浮かんだ。

×　×　×

暗灰色《あんかいしょく》の曇天下《どんてんか》に、禍々《まがまが》しい虹彩《こうさい》を放つ球体が昇っていた。

さながら太陽のようなそれは、次元掘削ホールと呼称される。アンノウンの世界、すなわち異次元へと通ずる穴だ。

不気味に蠢《うごめ》く次元掘削ホールを、艦隊は洋上より睨む。

だが、甲板で立ち尽くす一人の少女は違った。

視線は異次元の太陽に向けてではなく、その下にある異形の塔へと注がれ、そのまなざしは睨んでいるわけではなく、悲しげに細められているだけだ。

東京湾からはるか先、見通せる内陸の最奥で揺れる灯《ひ》を見つめて、八重垣《やえがき》青生は震えていた。

寒さに、ではない。

なぜ私はこちら側にいるのだろう、と我が身を苛《さいな》む寂しさが勝手に肩を震わせる。それを抑えたくて、青生は自分の体を抱く。

「おとうさん、おかあさん……」

悲嘆にくれた声は、しかし、海風にさらわれて消えてしまう。

残ったのは、頬を一筋流れた涙の痕《あと》だけだ。

× × ×

異次元の太陽は夜も輝いて、夢見ることを許さない。

この戦争は既に終盤を迎えている。

アンノウン側は本丸を残すのみでもう後がない。一方のヨハネス軍はここに至るまでに総力を結集していて、やはりこちらも後がない。

次の戦闘は互いに全戦力を投入した一大決戦になることは明白。そして、明朝には作戦行動が始まってしまうであろうことは多くの者が理解していた。

それを誰よりわかっていたのは、戦の申し子だろう。

艦橋《かんきょう》の屋上には、決戦の地を見つめて離さない、物憂《ものう》げな一対《いっつい》の瞳があった。

天河舞姫《てんかわまいひめ》だ。

舞姫は一人、縁《へり》に腰掛け、足を投げ出し、柵《さく》に顎《あご》を乗せ次元掘削ホールを眺めていた。

どれほどの時間、そうしていたか。

やがてかつかつと足音が近づいてくるのに気付きはしたが、舞姫は振り向かない。

足音の主は舞姫のすぐ後ろまでやって来ると、おもむろに座り込み、舞姫と背中を合わせた。

雲もどこかへ吹き飛ばす風の強さで海上はいささか冷える。

だから余計、外套《がいとう》越しでも、体温が伝わり心地よい。

そして無論それは、背中合わせの相手――ほたるも同じだった。舞姫の体温を感じつつ、その温《ぬく》もりが潮風に冷めてしまわぬようにと、己《おの》が背中を擦り寄せる。

けれど、言葉は口にしなかった。艦内には神奈川校の学友らがいるというのに、あえて一人きりでいた舞姫の意を酌《く》んだのだ。

それからまた少し時間が経《た》った。

舞姫が身じろぎし、呟いた。

「みんなさ、何かを守りたいんだよね」

「そう、なのかな」

ほたるの言葉に躊躇《ためら》いが滲む。ほたるが守りたいものは決まり切っている。約束をしたその時から、彼女が凛堂《りんどう》ほたるであり続ける限り、変わることはない。

では、他の者はどうだろうか。千葉の二人は言うに及ばず、東京の二人だって何かはあるはずだ。それに従う者たちにだって譲れぬものはあるだろう。大人たちはなおのこと。

だから、ほたるが気にしたのはただ一人のことだ。

そのただ一人、彼女の守りたいもの、それを思ったが故に、ほたるの言葉は少し歯切れが悪くなった。

けれど、力強い声が返ってくる。

「そうだよ！」

明朗に首肯《しゆこう》する舞姫が顔をあげたのをほたるは背中に感じる。

「友達とか家族とか居場所とか……あと思い出とか気持ちとかあと友達とか……それから、それから、えっと……」

舞姫は指折り数え出してすぐに詰まってしまい、困り顔になる。それを見なくともほたるには目に浮かんで、そっと微笑んだ。

「大丈夫。わかるよ」

「……うん」

ほたるにはわかる。ほたるがわかっていることを舞姫もわかる。だから、端的で短い言葉だけで充分。本当は言葉だってたぶんいらない。舞姫も頷いて、続けた。

「愛離《あいり》さんも求得《ぐとく》さんもさ、いつも優しかったよね」

「厳しいときもあったよ」

「うん。だから優しいんだよ」

そしてまたも明朗に首肯するが、はてと首をひねった。

「……うん？　そうすると優しくない？　いやいや！　……うん？」

舞姫はやっぱり困り顔で頭をひねってから決まりが悪そうに「あはは」と笑った。

ほたるは思う。彼女が守りたいものはきっと、と。

「……私はね、みんなが守ろうとするものを全部守りたい。救いたいんだ」

やがて舞姫はそう言い切った。そこに迷いや躊躇いは微塵《みじん》もない。見上げた先の夜空は満天の星が光り輝いている。

「人類を？」

ほたるも釣られたように空を見上げて問い返す。

「違うよ。みんなだよ。みんな……世界のみんなと、みんなの世界を」

舞姫は答えた。

ああ、やっぱり。と、ほたるは痛感した。きっとヒメならそう言うとほたるにはわかっていた。

「でも、それは……」

と、口にして、その後に続く「無理だよ」の一言は飲み込んだ。

舞姫が守りたいもの、救いたいもの――その範囲はあまりにも広すぎる。

舞姫の言う〝みんな〟とは、神奈川校の生徒は言わずもがな、東京校の朱雀《すざく》たちも、千葉校の霞《かすみ》たちも、自分たちを救助しに来てくれた夜羽《よはね》たちも、そして、敵である朝凪《あさなぎ》と夕浪《ゆうなみ》たちをも含んでいるのだろう。

しかし、いくら彼女であろうと、その全てを救うなど理想が過ぎる。

「うん……わかってる」

だが、舞姫は決然と立ち上がる。

ほたるは舞姫を振り仰ぎ――そして目と心を奪われた。

「でも、諦《あきら》めたら何も掴めなくなっちゃうから」

舞姫がほたるに向けるその笑みは、逞《たくま》しく、眩《まぶ》しい。ほたるが言うまでもなく、舞姫は理解していたのだ。

望むものが多ければ多いほど、それを取り零《こぼ》す可能性も増すことを。そして取り零した際には、相応の痛みを伴うことを。

ならば最初から、多くは望まないのが無難。手を伸ばさないのが利口。

だが、それはそれで、本来掴めたものまで諦めてしまうことだろう。

であるなら、ありったけ多くを望むべきなのだ。

例えのちに、胸が張り裂けるような痛みを伴おうとも。

だから舞姫は、あえて壮語《そうご》を吼《ほ》えるのである。

「ほたるちゃん、行こう！　世界を救いに！」

「……うん！」

舞姫に手を差し伸べられて、ほたるはその手を取る。

天河舞姫がすべてを守るというのなら、彼女を守るのが凛堂ほたるだ。

その誓いが破られることは永劫《えいごう》にない。

×　×　×

ヨハネス軍とアンノウンのしばし続いた睨み合いも、ついにはアンノウン陣営の先手により破られる。

「敵部隊に動きあり！」

ブリッジに、索敵《さくてき》レーダーのけたたましい警報が響いた。戦況図に灯《とも》る無数の赤星が、一斉に降下している。肉眼でも、沿岸上空が敵影で赤黒く霞《かすみ》がかっていくのが確認できた。

「弾幕の準備！　時間を稼げ！　とにかく膠着《こうちゃく》状態を作るんだ！」

夜羽から指揮権を委任された副司令が、号令を飛ばす。主砲復旧の目処は、未だ立っていない。となると、アンノウン陣営に致命傷を与えるだけの火力に当軍は欠く。また前《さき》の交戦で負った人的、物的被害からの立て直しもまだ満足ではない。ならば、少しでも時間を稼ぎ、万全の態勢を整えることに注力すべき、それが副司令の考えだった。

各員は副司令の命令に従い慌ただしく動きだす。その人波をひょいひょい躱《かわ》しながら、霞と明日葉《あすは》がふらりと入ってきた。

「おお……、し、司令の様子は……」

副司令が尋《たず》ねると、霞は平然と答える。

「残念ながら命に別状はないよ」

「そうか……それは残念だ……」

ブラックジョークの応酬に、副司令及び各員は苦笑いを浮かべた。夜羽の横暴に幾度となく困らされてきた彼らにとっては、一概《いちがい》に冗談とも言い切れない。

「作戦なんてあるのか」

「そんなものはない。だが、やれと言われればどうにかしてやる。それが我々の〝いつもの〟だ」

霞に問われ、副司令は言い放つ。それは飼いならされた社畜《しゃちく》などではなく、覚悟を決めた獣《けもの》のソレ。言うなれば、社獣《しゃじゅう》である。

副司令の気持ちが霞には痛いほどよくわかる。社畜ぶりで言えば、霞だって負けてはいない。だが、彼もまた社獣の心を持っていた。なおかつ、社畜を統《す》べる王の血統をも継いでいる。

「一つ提案があるんだけど」

霞は胡散臭《うさんくさ》い笑みを浮かべ、副司令の肩をぽんと叩いた。

その「えへへー」という笑い方とこちらを慮《おもんぱか》ったかのような言い方に副司令は覚えがあった。悪魔は常に笑顔で良い話を持ち込んでくるのだ。利回りがいいとか元本《がんぽん》は保証されているとか今なら減税対象とか控除対象とか、あの悪魔に今まで何度騙《だま》されたことかと、苦く辛《つら》い記憶と借金とローンの記録が頭をよぎる。

副司令はぎょっとした。この様子からして十中八九、再び戦線に戻ろうと言うのだろう。

「ダ、ダメだダメだ！　司令の命令は絶対。君たちをこれ以上戦わせるわけにはいかない。話は終わりだ。ここからは大人の仕事だよ」

副司令は霞の提案を、聞くまでもなく却下《きやつか》した。額面通り、子供たちを戦場に送り出す訳にはいかないというのもある。それを千種夜羽に厳命されてもいるのだ。

しかし副司令が強く反対する理由はそれだけではない。

霞と明日葉は、かの夜羽の血脈《けつみやく》なのだ。好きにさせたら一体何をしでかすかわかったものではない。ことに、千種霞はその血が色濃く受け継がれている。

副司令の危惧《きぐ》は正しい。ここで霞の提案をきっちり断るのは正しい判断だと言えた。

が、見誤っていた。

「ごちゃごちゃ言わない」

「え？」

明日葉がおもむろに銃を抜き、笑顔で副司令に突きつけてきた。

千種明日葉もまた、まがうかたなく千種夜羽の娘。その危ういまでに可憐《かれん》で夢見るような微笑みはまったく同種同質だ。

であるならば、副司令の取るべき対応はただ一つ。沈黙。

その隙に、霞はするりと歩み出て、艦内放送のボタンをぽちっとな。

「ヨハネス軍のみなさん、お疲れ様でーす。総司令官代理の千種です。わけあって一時的に指揮権を預かりますね。あー、世襲《せしゅう》とか今時流行《はや》らないしいまいち受け入れがたいかもしれないんですけど、まぁ、企業とか組織って案外古い体制のまま生き残ってたりするから、その辺は諦めてね。悲しいけど、これ社命なのよね。あんまり安易に逆らっちゃったりすると、報復人事とか平気でするのが企業ってやつだからその辺気を付けて。何か異議がある場合には五一パーセント以上の株式取得してから総会で言ってね。で、異論はある？」

無茶苦茶な放送を、しかしヨハネス軍は一瞬で受け入れた、理解した。つまりはこれまでと本質的に変化がないのだと。

相も変わらず千種夜羽の影響下であることは疑いようがない。適当極まる言い回しは耳に馴染《なじ》んでいたし、暗に脅迫を含む命令はいつものことだ。

どこからも反論があがってこないことを確認すると、霞は船首の先を見定める。

「よーし、それじゃ突っ込めるところまで突っ込めー」

「お、おい！　ちょっと待てぇ――！」

副司令は悲痛な叫びを上げるが、明日葉の銃口が副司令から逸《そ》れることはなく……霞の号令一下、旗艦《きかん》は水没都市の合間を、白浪《しらなみ》を引いて前進した。

×　×　×

間延びした号令を、天河舞姫は笑顔で聞いていた。

長々と続けられた襲名披露《しゅうめいひろう》演説は耳から耳へ抜けていき、なんのことやらさっぱりわからなかったが、一番大事な部分はしっかり理解した。

突っ込めるところまで突っ込む、という部分、ではない。それは舞姫自身が考えるまでもなく出した結論と同じだから問題ないのだ。現に、いつ突っ込んでいこうかと考えて、神奈川陣営を既に臨戦態勢に入らせていた。

だから、わかったのは、霞と明日葉も自分と同じ気持ちだということ。

それが嬉しくて誇らしくて、舞姫はうずうずと体を震わせる。

この剣を取ることにもはや迷いはない。

故に――、

「――諸君！　我らは長い時を自覚なく虜囚《りょしゅう》の身として過ごしてきた！　然《しか》れど諸君、これは復讐ではない！　我らは我らの道をゆくために征《ゆ》くのだ！　己《おの》が目で真実を見定めるために征くのだ！　救国の剣たちよ、征け！　我が未来、そのために！」

舞姫の口上は熱を帯び、神奈川校の生徒らは大いに士気を奮《ふる》わせて、鬨《とき》の声でそれに応じる。

水没都市を北上し、アンノウンとの会敵も秒読みとなった旗艦から、エアボートに乗り込んでヨハネス軍兵士よりも先に飛び出していったのは。他ならぬ神奈川勢であった。

「いっけえええええええ！」

舞姫は将として旗艦の艦首から、勇猛なる同士らの背に檄《げき》を飛ばす。侍立《じりつ》するほたるも臨戦態勢で、青生《あおい》も情報伝達の要《かなめ》として控えていた。

各人の胸中に去来する思いはおそらく微妙に異なる。

だが、それでも決戦の火ぶたは切って落とされた。

神奈川勢に遅れを取ってなるものかと、千葉校生たちもエアボートを駆っていくのを見て、いよいよ舞姫も出陣しようとした。

すると、ざっとノイズ交じりの声が聴こえる。

『おヒメちんおヒメちん』

「お？」

『こっちこっち』

「お？　お？」

　イヤホン型インカムに明日葉から通信が入ったのだと得心《とくしん》して、舞姫はきょろきょろと辺りを見回す。すると、一艘《いっそう》の哨戒艇《しょうかいてい》から明日葉が手を振っているのを発見した。

　操舵手《そうだしゅ》は霞で、どういうわけか、敵本丸さいたま管理局とはてんで別方向に船首を向けている。

『あたしらはこっちから迂回《うかい》するよ』

「え？　でもまっすぐ行くんじゃないの？」

　最短ルートで行くつもりならまっすぐ行くのが一番早い。なぜなら舞姫の前では敵だろうとビルだろうと障害物にはなりえないからだ。ふっとばしてなぎ倒して突き進む。それこそが舞姫の最短ルート。

　ほえーと不思議がっていると、明日葉はさらに不思議なことを言った。

『荒川《あらかわ》からアシ伸ばしてくんだってさ』

「アシ？　アシは伸びないよー明日葉ちゃん」

『伸びないよねー』

　そして、舞姫は自分の両の足を見て小首を傾《かし》げた。

「それに、アシならあるし……。そんなにたくさん足があったらムカデさんになっちゃわないかな？」

『なっちゃうかもねー』

緊張感のない会話の裏で、ほたるがその通信に割り込む。

「何か策があるのか」

『陽動《ようどう》、急襲』

霞からの端的な返答に、ほたるは呼気代わりにふむと呟く。しかし、そこに逡巡《しゅんじゅん》の色はない。今更疑うまでもないのだ。この男の発想だけは信じているのだから。

「……承知した。青生、全軍に通達だ」

「は、はい……」

ほたるもまた霞の意図を酌み、即対応。青生に指示を出した。

青生は一瞬その肩を揺らしたが、すぐに返事をした。そうするほかなかった。ここで異を唱えることが良い方向へ作用しないのはわかっている。今はただ前へ進むべきだ。きっともう一度ちゃんと話し合えば……、そんな思いをひた隠しながら、青生は指示伝達の作業に没頭する。首元のチョーカーを愛《いと》おしそうに撫でながら。

×　×　×

その一部始終を、朱雀は船室の窓から、訝《いぶか》しげに眺めていた。

「――……あいつら、何をするつもりだ……」

するとピリリリリと突然、携帯端末の着信音が鳴り響く。

朱雀の端末ではない。振り返るとカナリアがわたわたと、懐《ふところ》から携帯を取り出した。その画面に表示されている名に驚いた。

「霞くん!?」

カナリアは慌てて出ようとする。だが、霞の名を聞いて鋭い視線を向けてくる朱雀を気にして、えーっととつぶやきながら、スピーカーモードで通話を開いた。

『荒川河口で待つ。お前らも早く来い』

前置きも何もなく、ぶっきらぼうな霞の声が流れてきた。

「お前、何するつもりだ」

『朝凪たちのところに突っ込む』

問い詰めるように言ったのは端末の持ち主であるカナリアではなく、朱雀。だが、霞はそれを訝しむこともなく、ノータイムで返事をした。最初から朱雀に連絡するつもりだったのだろう。しかし、悲しいかな、霞と朱雀は互いの連絡先を交換していない。その二人の普段の関係性は会話にもそのまま表れた。

「な!?　この戦況で突破出来るわけないだろ！」

『だから荒川から北上して敵を迂回すんの。一〇分だけ待つから』

「勝手に決めるな！　そもそも俺はまだ戦うとは一言も――！」

『るさいるさい。だから電話してんだろ』

朱雀は奥歯を噛む。いつものことながら霞の態度は気に障《さわ》るが、朱雀が今引っかかっているのはそこではない。

「大体！　突っ込むって朝凪と夕浪を俺たちの手で倒すということか⁉」

『………』

朱雀が声を荒らげると、霞も口を噤む。

「馬鹿げている……信じてきた理想も、戦ってきた理由も全て幻で、自分の知らないところで〝真実〟とやらを押し付けられて……こんな〝世界〟で俺が戦う意味なんて……！」

そもそも千葉勢や神奈川勢がいち早く臨戦態勢に入ったのに対し、なぜ朱雀は未だ船室にいたのか。それは、決してアンノウンに臆していたからではない。

頼りとなる道標《みちしるべ》はおろか、目指すべき未来さえ見失って、その場を動けずにいたからだ。

何のために戦えばいい。正義は一体、どこにある――。

「………」

『……まぁ、難しいわな』

沈黙が下りる。

ようやく返ってきた返事は、霞にしては珍しく、朱雀に同調するものだった。だが、その結論を同じにはしない。

『けど、俺はもう決めてる。自分の大切なものはな、もっとシンプルなんだよ』

霞はそう続けた。やはり珍しく、熱を帯びた言葉で。

「……一番ひねくれてるやつがわかったような口を……」

おまけに今ひとつ要領を得ず、朱雀は悪態をつく。

『お前にとって大切なのは……まぁもういいや。めんどくさくなってきた。早くしてくれな』

霞は補足しようとしたようだが、途中で打ち切ってしまった。

「なっ!?　よくない！　ちゃんと言え！」

本当にいちいち気に障る男だ。なぜこいつはちゃんと言葉にしない、きちんと伝えない。理解されようとしないのだ。朱雀は食い下がった。すると、呆れたような溜息が聞こえてくる。

『いっちゃんさんさ、……好きな子の前でくらい、格好つけてよ』

「はあ!?」

朱雀は思わず声を上ずらせた。

『んじゃ、あと八分な。早く来いよ、勘違いヒーロー』

そう言い残し、一方的に通話を切る霞。何か言い返す隙を朱雀に与えない。

壱弥《いちや》の中で、霞への苛立《いらだ》ちと悔しさが募《つの》る。

だがそれは、図星を指された証左《しょうさ》でもあった。

冷やかされ、頭が冷え、はたと我に返る。

〝真実〟やら〝世界〟やら、曖昧模糊《あいまいもこ》な雑念に囚われていた視界が、一気に晴れる。

そして、真っ先に朱雀の目に飛び込んできたのは――、

「はわわわっ」

ほんの目と鼻の先、手を伸ばせば届くところにいる、カナリアだった。

「………」

朱雀は言葉を失う。

すると、船室の窓がこつんと鳴る。外から小石でもぶつけられたような音だ。

朱雀とカナリアが振り向くと、窓の外には、飛行型出力兵装に跨《また》る東京校の生徒たちの姿があった。

総員戦闘準備万端といった様子で、その集団を率いるのは嘴広《はしびろ》コウスケだ。

「朱雀さん！　行かなくてどうするんですか！　あんたが大将なんだから！」

それは煽《あお》るような物言いだった。

「………」

霞のみならず、コウスケにまで発破《はっぱ》をかけられるのか――そう思った瞬間、朱雀は出力兵装のガントレットを顕現《けんげん》させ、船室の壁面を吹き飛ばしていた。

コウスケは泡を食って、飛んできた壁の破片を避ける。

「な、なんすか。やるんすか？」

コウスケは口が過ぎたかと慄《おのの》いているようだったが、朱雀の意識はもはやコウスケにはない。

眼前に広がる無窮《むきゅう》の海景を、世界を見ていた。

途方に暮れるほど広大だ。この中から真実とやらを見つけ出すなんて、気の遠くなる話だ。

けれど、世界とやらと向き合う必要も、真実を追い求める必要も、実はなかったのだ。

「俺は……俺が大切にしているものは……」

――もっとシンプルなんだよ。

霞の言葉が脳裏に響く。

朱雀は眼前の〝世界〟と、そのどこかに眠るであろう〝真実〟から目を背け、後ろを振り返る。

そうすればそこには、カナリアがいる。

案じるような表情で、朱雀を見守ってくれている。

我ながら苦笑を禁じ得ない。

大切なもの、戦う理由……そんなものは、こうして手が届くところにあるのだから。

「……みんな、すまないが俺はここを離れる。各員、千葉、神奈川組と協力して敵戦線を食い止めてくれ！」

朱雀はコウスケたちに告げると、手を伸ばし、カナリアの腰を抱き寄せた。

「ええ!?」

素《す》っ頓狂《とんきょう》な声を上げて、カナリアは顔を紅潮《こうちょう》させる。

壱弥のほうも、気恥ずかしさがないではない。けれど、腕に感じるその温もりを決して離すまいとするように、ぎゅっと力を込め、外へと身を投じた。

「行くぞカナリア!」

「ふぇっ!? き、きゃあああああああああ!」

自由落下していくカナリアの悲鳴は、海面に叩きつけられる寸前で急上昇し、そのまま飛んでいく。

戦場を見据える朱雀の横顔に、もはや迷いはない。

頼りとなる道標も、目指すべき未来も、今や彼の手の中にある。

×　×　×

南方より飛来するその影に、最初に気付いたのは舞姫だった。

アンノウンではないかと目を凝《こ》らしたが、舞姫はすぐに破顔し、手を振る。

「遅いよ、すざくん!」

空からやってきて、水没しかけの幹線道路に着地したのは、カナリアを脇に抱えた朱雀壱弥。

朱雀は目を回しているカナリアをそっと下ろし、係留《けいりゅう》された哨戒艇を見て鼻白む。

「なんだ、これは……」

この哨戒艇で果たして決戦兵器足りえるのか、こんな装備で大丈夫かと、そんな疑問がいくつも同時に湧き出て、ついそんなことを口走る。

それに、舞姫が答えた。

「乗り物！　フネっていうんだよ？」

「そうだな……」

痛む頭を押さえて、朱雀は呆れと諦めが入り混じった声でそう言った。あるいは憐《あわ》れみと優しさも入っていたかもしれない。望む答えではまったくなかったが、相手が舞姫では致《いた》し方《かた》ない。むしろ、戦の申し子が得意満面でいるのだから、きっと問題はないのだろう。

その証拠、というわけではないのだろうが、その哨戒艇に乗り合わせた面々に緊張感は見受けられない。張りつめた顔をしているのは青生くらいのもので、舞姫は言うに及ばず、ほたるはいつもと変わらず舞姫にくっついて澄まし顔。

「あ、ちーす」

「…………」

特に千種兄妹の緊張感のなさたるや……明日葉は爪の手入れでもしているのか、ネイルブラシやらエメリーボードやらスポンジファイルやらをがちゃがちゃ出しているし、霞は生気のない目で地図を眺めては飾りけのないペンで何やら書き入れていた。

その姿を見て、朱雀は痛感する。彼らはとうの昔に覚悟を決めていたのだと。

「……貴様らは、本当に単純だ……」

羨望《せんぼう》などないと自分に言い聞かせるように目を逸らして呟くと、哨戒艇へと乗り込んだ。

かくして全員が揃い、広げた地図をみなで囲むと、霞が口を開く。

「作戦の概要《がいよう》を説明する。船で乗り込む。潜入する。ゲートを破壊する。……以上」

「ゲートを破壊する方法は？」

素早く朱雀が問うと、それよりもなお素早く霞は答える。

「わからん」

「雑すぎだ……」

「いや、あんまり難しいこと言いだして伝わらないのもアレだから……」

呆れ返る朱雀に、霞はなははと空笑《そらわら》いし、ちらちらと舞姫のほうを不安げに見る。すると、舞姫はお目々をキラキラさせて元気よく両手を挙げた。

「はい！　はい！」

「はい、舞姫ちゃん」

「質問があります！」

「ええ……、これ以上簡単に説明できないんだけど……」

やはり来たか、なにをどこから説明すればわかってもらえるだろうかと霞は頭を悩ませる。

と、舞姫は舞姫で小首をかしげていた。

「まだコールドスリープしてる子たちがいるはずなんだよ！　だからその子たちも助け出さないと！」

「さすがヒメ、賢い」

「えへへー」

舞姫の頭を撫でながら満足げなほたる。舞姫も得意げに笑う。いつもなら、また始まったかと呆れる一同だが、今回は舞姫の的《まと》を射《い》た発言とその賢さにおおっとどよめく。すると、ほたるはどうだと言わんばかりにキリッとした顔で向き直った。

「戦局によってはその子供たちを人質に取られる可能性もある」

「……二手に分かれるしかないな。あまり戦力分散させたくないが……」

ほたるの言には一理ある。霞は見取り図と面々とを見比べながらぶつくさ言いながらあれこれ思案し始める。が、それを打ち切るように、つんつんと肩をつつかれた。霞が振り返ればそこにはぴかぴかの爪を誇示するように、指先にふっと息を吹く明日葉の姿がある。

「いいんじゃない？　それで。おヒメちんたちなら何かあっても大丈夫でしょ」

「うむ」

「任せてよ！」

その返事に満足したか、それとも爪を見て「あら綺麗」などと適当なおべんちゃらを言う霞の態度に満足したか、どちらかはわからないが、明日葉はふふんと勝ち気な笑みを浮かべて伸びをした。

「ま、こっちはあたしがちゃちゃっと先に全部終わらせればいいしね」

その明日葉の発言で、方針は決まったようだった。朱雀もカナリアも異存はない。みながそれで納得をした。ただ一人を除いて。

「…………」

みなから一歩距離を置いて作戦を聞いていた青生だけは、どこか思い詰めたような表情のままでいた。

×　×　×

哨戒艇は白浪の尾を引いて、荒川を北上する。

主戦場から離れると、砲撃も剣戟《けんげき》も遠い残響となり、銃火の輝きも刀槍《とうそう》の煌《きら》めきも見えなくなった。

聞こえるのは風の音、見えるのは真っ赤な朝焼け。ことに、川面《かわも》は陽光を反射してきらきらと光を放っていた。

その赤の中に、朱雀とカナリアはいた。

甲板の最後尾に立ち、自分たちの足跡を見るように、赤い川面に白く引かれた波を眺めている。その軌跡《きせき》が消えていくのを見て、朱雀は浅く唇を噛んだ。

カナリアは風ではためくスカートを後ろ手に軽く押さえて、ついでにちらと朱雀の手元に目をやる。そこには固く握りしめられた拳があった。

だからカナリアはもう半歩だけ、その距離を詰める。

「もうすぐだね」

「ああ」

答える声はどこかおざなりで、カナリアのほうを向いていない。まるでカナリアが隣にいることにも気づいていないかのようだった。だが、カナリアは、自分が存在しないかのような存在、という扱いを受けることには慣れている。だから、勝手に話し始めた。

「……いっちゃんの考えてることわかるよ。私もね、ヨハネスさんたちに助けられて、いっちゃんたちと戦うってなった時、すごく迷ったの。大好きなのに、なんでこうなるんだろうって」

言うと、隣に立つ朱雀がぴくと反応したのがわかる。実のところ、朱雀が聞いてくれなくても聞き流してくれても、カナリアは一切構わなかったのだ。だって、自分が話したい、伝えたいだけだから。なので、カナリアは相槌《あいづち》を待つことなくやはり勝手に話し続ける。

「でも、私はそれでも戦おうと思ったの。戦いたくないから。大好きだから。……でへへ」

だが、そう言ってしまうと、やはり聞いてもらえたことが嬉しくて、ついつい笑いが零れた。

カナリアは自分が笑顔であることを自覚する。……困ってなくても笑顔になっちゃった。困った。いつも困ったときは笑顔だって自分で言ってるのに。つまり、やっぱり困ったときは笑顔！　そう結論付けて、やはり心からの笑みを朱雀に向ける。

すると、朱雀も笑顔になった。

「なんだそれ」

その笑顔は「困ったときは笑顔」を体現する苦笑だ。なんだかんだと聞かれたら答えるのがカナリアだ。カナリアは少しだけ考えて、精一杯その疑問に答えようとする。

「だって、私には何もないんだもん。本当に何も……戦わないと好きって言うことも出来ないから」

家族も友達も故郷も過去さえも失った。〈世界〉の発現が未成熟で、その能力が戦場において評価されづらい項目で、空が飛べない。自分が世界に不要である理由を並べ立てればきりがない。だから、彼女ができることは頑張ることだけ、とにかく頑張ることだけ。

何もない自分が、それでも何かを手にできるとすれば。

それは、この想いだけだ。好きという気持ちだけ。その想いを抱くことも伝えることも許されていないと思っていたから、だから彼女は祈るように、戦うと決めた。

「……お前の言うことはいつもわからん」

朱雀は呆れ交じりにそう言った。だが、そこに棘《とげ》はなく、温かみがある。そんなこととうの昔にわかっていると言わんばかりだ。それはカナリアにもなんとなくわかる。けれど、ちゃんと聞いてみたいと思った。

「いっちゃんは？　大切な人と世界とどっちかと戦わなくちゃいけなくなった時、どうする？」

「俺は……」

問われて、朱雀は視線を彷徨《さまよ》わせる。答えを虚空《こくう》に探して言葉に詰まった。だが、それも一瞬のこと。

「俺の答えはもう決まっている」

朱雀は顔を上げると、決意と覇気に満ちた表情で遠く朝日を睨む。

彼の答えはたった一つ。

あの赤い災厄の日も、あの浅い再会の日も、あの甘い最愛の日も、あの熱い再生の日も。すべては彼女に、せめて淡い幸いを、と。そう誓ったが故に、彼は戦うのだ。

昇る朝日と、煌めく川面が朱雀の横顔を照らす。決意に満ちた男の顔は精悍《せいかん》にして勇壮。カナリアは思わず見惚《みと》れていた。そして、飛び切りの笑顔になると、さらに半歩、朱雀との距離を詰めてぴったり横に寄り添う。肩に頭を預けて、すりすりと寄りかかった。

朱雀壱弥と宇多良《うたら》カナリア——仲睦《なかむつ》まじい鳥のつがいを、ウミネコの群れが空から見守っていた。

×　×　×

さいたま管理局の中央棟《とう》。次元掘削ホールの真下に位置するその屋舎《おくしゃ》は、すでに菌糸《きんし》状の異次元物質による侵食が始まっており、荒廃と崩壊の様相を呈していた。

元は管制室だったフロアも、天井は半ば消失し、中空に浮かぶ次元掘削ホールが覗き見えている。

フロアには無造作にひび割れたモニターが転がっており、そこに映し出されているのは、カモメに模した自律《じりつ》型飛行監視カメラが捉えた俯瞰《ふかん》映像だ。

一艘の哨戒艇が川を遡上《そじょう》しており、そのデッキでは二人の男女が肩を寄せ合っている。

「——来たか……」

その映像を確認した朝凪は、重々しく呟いた。ついで、コンソールを操作し、自軍の兵力がそちらへ向かわないよう小細工をする。そして、背後へ向けて声をかけた。

「愛離……。子供たちが帰ってくるぞ」

「ええ……。行かなくては、ね……」

夕浪は頷き、朝凪に背を向けて歩きだす。

「この世界に門を開いて、最初に降り立った〝世界〟。あの時はただの〝資源〟。あの時の私は門番で侵略者。……まったく異質で無関心な対象でしかなかったのに……」

夕浪の足取りに、躊躇いや後悔はない。

「今はこんなに綺麗だって……愛《いと》おしいって思える……。求得、あなたのおかげよ」

振り返らずに、彼女は言った。

もはや朝凪には見えはしないが、その表情も、本当に嬉しそうで、穏やかだ。

一方は留《とど》まり、一方は進んだ。

だから、彼の声は届かない。それでも、口にした。

「……ああ。俺も、君に出会えてよかった」

二人の別れの一幕は、互いに後ろ髪を引くことなく、されど万感《ばんかん》の余韻《よいん》を残し、静かに、しめやかに閉じられた。

――そして、最後の戦いが幕を開ける。

新宿《しんじゅく》上空。

二つの勢力が、南北に分かれ相対《あいたい》す。

北はアンノウンの大群体。

南はヨハネス軍及び三都市生徒たちの大連合。

感情無き殺戮者《さつりくしゃ》であるアンノウンを前に、軍人も三都市の生徒たちも気丈な面構《つらがま》えを崩さない。その勇敢さは賞賛に値《あたい》する。兵力としてはアンノウン側に大きく分《ぶ》があることを鑑《かんが》みれば、尚更のこと。

出力兵装に跨る嘴広コウスケは、眼前の光景に武者震いした。彼の後背《こうはい》には志《こころざし》を同じくした柘榴《ざくろ》や銀呼《ぎんこ》ら神奈川の生徒たちも控える。

「朱雀さん、頼みますよ……マジで」

祈るようなその呟きは、全ての生徒たちの代弁であった。

×　×　×

三都市首脳陣六名に青生を加えた、計七名の少数精鋭が敵地本丸へと辿り着いた。詳細な作戦部分は既に打ち合わせてある。あとはふた手に分かれ、状況を開始するだけだ。

先頭に立つ朱雀が輩《ともがら》に振り返ることもなく言う。

「――では手筈《てはず》通り行くぞ。俺たちはゲートを破壊。天河たちは地下に残った子供たちを保護しろ」

「うん、任せて！」

「承知した」

頷いたのはここから別行動をとる舞姫とほたるだ。一方、朱雀と行動を共にする霞はげんなりとしていた。

「ていうか、何で4位さんが仕切ってるんですかねぇ……」

「だっていっちゃんだもん。えへへ～♪」

これぞ朱雀壱弥だと言われてしまえば、霞に反論する術《すべ》はない。確かに、これでこそ朱雀だと霞も思うのだから。

「決まった？　じゃ、行くよ」

明日葉は食事にでも行くかのように気軽に言う。

再会の約束など必要ない。これはごく当たり前の分かれ道。どちらも進むのであれば、いずれまた会うのは必然。

舞姫、ほたると別れて、朱雀たちゲート破壊班は、管理局の中央棟へと潜入した。

次元掘削ホールを目指し、人気《ひとけ》のない廊下を駆ける。

「――……何、なんかあったの？」

「！　い、いえ……」

先程から青生の様子がおかしいことには明日葉も気付いている。

理由もおおよそ察しがつくが、それは青生自身が折り合いをつけるべきことだ。

明日葉自身、そうしてきた。いきなり母親が現れて、目の前で倒れて……どうしていいかなんてわからなかった。それでもちゃんと自分で選んで決めた、そのつもりだ。

けれど、もしもと明日葉は思う。もしも、霞がいなかったらどうしただろう。あるいは、その霞が自分の兄でなく、敵だと言われたなら自分は何を選ぶだろうと、そんな埒《らち》もないことを考えてしまった。

　と、その思考を小さなどよめきが遮った。

「っ!?」

　唐突に、先頭を走る朱雀が立ち止まっている。そのせいで後ろを走っていた霞が朱雀の背中にぶつかってしまった。

「いった！　ちょっと？　後ろ詰まってるんですけど……――っ!?」

　霞は悪態をつきかけたが、途中で飲み込んだ。

「うーわ。えっぐ……。これがアンノウン？　何で……死んでるの？」

「うっ……」

　明日葉も顔をしかめ、青生はショックを受けたように口を押さえた。

　廊下の前方を異形のバケモノの屍《しかばね》が累々《るいるい》と埋めていた。それらは損傷が激しく、体液が床に川を作っている。無論、自然死ではあるまい。酸鼻《さんび》を極める殺戮現場だ。

「ひいちゃんたち……大丈夫かなぁ……」

　カナリアが怖《お》ず怖《お》ずと口にした通り、得体《えたい》の知れない不安感が、一同の胸中に垂れ込めた。

×　×　×

「すごく深いね……どこまであるんだろう」

「とにかく降りてみるしかないな」

朱雀たちが頭上の次元掘削ホールを目指すのとは逆に、舞姫とほたるは地下へ地下へと高速で降下していた。

中央棟の奥、コールドスリープセンターへ通じているという直通のエレベーター、それがやがて動きを止める。降りれば通路が真っ直ぐ伸びていた。

その突き当たりには、堅牢《けんろう》な鉄扉《てつぴ》。取っ手もなく、その重厚な佇《たたず》まいは壁と見紛《みまが》うほどだ。

「ここ？」

「おそらく……」

周囲を調べると、扉脇の壁面にセンサーカメラのようなものが埋め込まれており、舞姫はそれを覗き込む。すると舞姫の顔を舐《な》め上げるように、スキャンレーザーが走った。

直後、けたたましく鳴る警告音。

警備システムは二人を拒《こば》んだようだが、おとなしく引き下がるわけもない。

「ヒメ」

「え？」

ほたるは舞姫を下がらせ、鋭く抜刀《ばっとう》する。鉄扉は甲高《かんだか》い悲鳴を上げて、先への道は文字通り、斬《き》り開かれた。そして鉄扉の向こうの光景に、舞姫とほたるは絶句する。

「ここが……すごい……」

「このカプセル全てが子供たちだというのか……一体何千……何万人いるんだ……」

広大なドーム状の空間、すり鉢状の床一面に、子供たちが眠るポッドが数え切れないほどに埋め込まれていた。

これだけの人数をどう保護するべきか……。ほたるが口にしかけたその相談は、しかし、中断されてしまう。

「!? ほたるちゃん!」

「!」

舞姫とほたるはその存在に気付き、すぐさま剣を構えた。

頭上からゆっくりと降下してくる異形がある。

五体具有で二足歩行らしき点のみは人と共通するが、皮膚も骨格も各器官も、その形状と形質は地上のどの生物にも似ない。

「なんだ……こいつは……」

「これが……本物のアンノウン?」

正体は知れない。

だがこの異形が纏《まと》う威圧感たるや、絶対的捕食者のそれ。

粟立《あわだ》つ皮膚と、体の震えが告げている。

これが自分の死を告げる者だと――。

×　×　×

金属の大扉が派手に吹き飛んだ。

衝撃で舞い上がった粉塵《ふんじん》を裂いて、朱雀たちが躍り込む。

「……ここか」

不気味な異次元物質に蝕《むしば》まれ、壁や天井、設備ももはや半壊状態だが、朱雀はこの場所こそが本丸だと確信する。

なぜなら露天《ろてん》となった頭上では、次元掘削ホールが燦然《さんぜん》と輝いており、それを支える塔のような装置の基礎が、このフロアに鎮座しているからだ。

「これが……」

カナリアもその装置を見上げて、気圧《けお》されたように生唾《なまつば》を飲む。

「よく来たな」

ほの暗い陰から気さくな言葉が投げかけられる。親しげな声音だが、朱雀は顔を険しくして唸った。

「……やはりここにいたか」

朱雀が鋭い視線を飛ばす先、装置の根元に座する朝凪の姿があった。

装置を守護しているような居住まいだが、手には缶ビールを持っており、今ひとつ緊張感に欠ける。

らしいと言えば朝凪らしいが、やおら飲み干して空き缶を握り潰す仕草には、どこか威圧感があった。

「あぁ、子供たちが来るのに逃げる親があるものか」

「戯言《たわごと》を……！　侵略者が人の親を気取るな！」

声を荒らげる朱雀。その背後で、霞が眉を顰《ひそ》めた。

「……あん？」

霞の訝しげな視線を受けて、朝凪はくつくつと笑いだす。その仕草だけで得心がいったのか、霞は舌打ち交じりの溜息を吐いた。

「どしたの？」

妙な空気に明日葉が尋ねると、朝凪は霞に問いかける。

「どうした。俺の姿がアンノウンに見えないのがそんなに不思議か？」

「そういえば……」

カナリアが目を凝らして朝凪の姿をしかと見ようとする。

確かにおかしいのだ。

アンノウンは異邦から訪れた侵略者であり、異形のバケモノ。それをコードによる認識改竄《かいざん》によって、ヒトの姿に見せられていた。そのはずだ。

だが、コードから解き放たれてなお、朝凪求得はヒトの姿をしていた。馴染《なじ》み深く懐かしさすら覚える、自分たちがよく知った姿のままだった。

その答えは、朝凪自身の口から告げられる。

「期待させておいて悪いが、俺は人間だよ。ずっとな」

見切りをつけたはずの〝世界〟と〝真実〟が、再び牙《きば》を剝《む》き、襲いかかる。

人生というのは選択の連続です。

小さな例を挙げれば、朝に着る服を選んだり、昼食に何を食べるのかを選んだり。

大きな例を挙げれば、それこそ進路や、生涯の伴侶を選んだり。

けれど、目に見える形で示された選択というのはあくまで決断のスイッチであって、その答えは、選択を求められるもっと前から決まっているのではないかと思うのです。

自分は自由に選んでいるつもりでも、その判断の根にあるのは、それまでの人生において選び取ってきた経験や価値観なのですから。

だから、私がこの道を選び取るのもきっと、ずっと前から決まっていたのでしょう。

私は懊悩しました。

私は煩悶しました。

少なくとも、私はそのつもりでした。

けれど改めて考えてみると、朝凪さんや夕浪さんの敵に回る選択肢を、私が選べるはずはなかったのです。

きっと私は頭のどこかでそれをわかっていたはずなのに、悩むふりをしていたのです。

選ぶ選択肢は決まっていたのに、苦しむふりをしていたのです。

心が千切れるくらいに痛くても、きっとそうに違いなかったのです。

天河さんや凛堂さんのことは好きです。心から尊敬しています。だからこそ私は、天河さんのもとで戦うことを選択していたのですから。

明日葉さんのことは……よくわかりません。でも、彼女の境遇を羨ましく思ったことがないと言ったら、嘘になってしまいます。

誓って言いますが、私は皆さんが嫌いだったわけではないのです。

昔、私の親を名乗っていた暴力的な大人のように、憎かったから切り捨てたわけではないのです。

ただ、大切なものを一つだけ選べと言われてしまっただけなのです。

そして私にとって一番大切なものが何なのか、わかってしまっただけなのです。


でも、少しだけ考えてしまいます。

天河さん。あなたのように強ければ、私はもっと真っ直ぐ歩めたのでしょうか。

凛堂さん。あなたのように気高ければ、私は人類に背を向けずに済んだのでしょうか。

明日葉さん。あなたように、優しいお兄さんやお母さんに恵まれていたなら、私は——

#12

燦然世界のクオリディア

QUALIDEA CODE

原色のネオンの輝きと浮ついた喧騒《けんそう》が夜気を払う。時刻は零《れい》時を回ったというのに、繁華街に寝静まる気配は微塵《みじん》もない。しかし、雑踏《ざっとう》を離れ、一本路地裏に入れば寂《さび》れている。街灯《まちあか》りも月明かりも星の瞬《またた》きも届かずに、夜闇《よやみ》よりも濃い影に覆《おお》われていた。

「はぁはぁはぁはぁはぁ……はぁ……はぁ……」

そんな路地裏に、一人の男の姿があった。

男性にしては長めの髪に無精髭《ぶしょうひげ》。また夜だというのにサングラスをかけていて、その風貌は見るからに怪《あや》しい。具合でも悪いのか、呼吸を乱し、ビルの壁に手をついている。何かに掴まっていないと歩くことすら難しいようだった。

男は恐る恐るといった様子で、大通りのほうを見る。そして、えずいた。吐き気を催《もよお》すほどの光景を目にしたからだ。

天下の往来《おうらい》を闊歩《かっぽ》する化け物の群れ。百鬼夜行《ひゃっきやぎょう》の絵図にも似た光景。

その男の視覚にはおよそまともな人間の姿は映らない。薬物中毒の幻覚症状か、それとも高次脳機能障害か、あるいは精神疾患《しっかん》。理由は判然とはしなかった。

医者にかかっても、皆が違うことを言い、処方される薬と診察券の数だけが増えた。

ある人たちからは「疲れているだけだ」と冷笑された。またある人たちからは「おかしくなってしまったのか」と、困惑《こんわく》と忌諱《きい》の目を向けられた。無論、それらの人々の姿も、男には化け物に見えていた。

生き地獄である。悪夢である。いっそ両目を潰《つぶ》してしまおうかと何度思ったことか。

単におぞましい化け物に囲まれて不安だという話ではない。

まともな人間が自分一人しかいないという孤独感もまた、男の神経を大いに摩耗《まもう》させた。

「……はぁ……はぁ……くっ……！」

男は大通りに背を向け、人気《ひとけ》のないほう、路地裏の奥へ奥へと踏み込んでいく。

醜《みにく》い狂気の世界から逃れるように。

安息の地を、自分以外の人間を探し求めるように。

どこまでも曲がりくねった先には丁字路《ていじろ》。行き当たり、突き当たり、どん詰まり、その度《たび》に角を曲がった。正解する角を求めて何度も何度も道を変える。

やがて、また似たような丁字路へと至る。だが、その行き詰まった壁が消える。ブロック塀があるだけだったはずの丁字路がぽっかりと口を開けていた。

まっすぐ伸びた先にはぼんやりと青みがかった黒い靄《もや》がかかり、まるで陽炎《かげろう》のように揺れている。

大気が歪《ゆが》んでいた。

薄ぼんやりとした頼りなげな街灯の明かりも、はす向かいにあるマンションのエントランスから漏《も》れる蛍光灯の光も、遠く聳《そび》えるビルディングの赤色灯の輝きも。

蜃気楼《しんきろう》のようにゆらゆらと揺れ、山中の霧《きり》の如《ごと》く、わずか数歩先の光景も見通せない。

だが、男にはその先に光が見えた。だから、誘われるように、闇の霧中《むちゅう》を歩いていく。

歪んだ景色、捻《ね》じれた世界。

「……——っ」

そして、その出会いは唐突に訪れた。

「君は……」

男は目を瞠《みは》り、言葉を失う。

夢ではなかろうか。幻ではなかろうか。

「一体……なぜ……なんで……見えるんだ……君だけが、君だけが——！」

「…………」

男の前に、若く見目麗《みめうるわ》しき女が立っていた。

久しく見ていない、自分以外の人間の姿だった。

その女は一糸《いっし》まとわぬ姿で棒立ちし、キョトンとした顔で、男を見返している。

あまりの驚きと感動に胸を貫《つらぬ》かれ、男は跪《ひざまず》きそうになった。震える脚をなんとか動かし、ようやく出会えた人のもとへふらふらと歩み寄る。

近づきたくて、触れたくて、確かめたくて手を伸ばす。思いが逸《はや》って、そのまま縋《すが》り付くと、幼子のように涙を流した。

しかし、その直後のことだった。

女の細腕が、男の腹部を貫いた。内臓が破れ、大量の血液が足腰を伝って滴《したた》り落ちる。にもかかわらず、男は苦悶《くもん》の表情を浮かべるどころか満足げで、縋るように女の胸に顔を埋《うず》める。夢だろうと幻だろうと、こんなにも美しい女性の胸の中で死ねるのなら、それでいいと思えた。

事実、常人の目から見たならば、男は異形《いぎょう》の化け物に腹を刺し貫かれているに過ぎないのだが……それは男の知る由《よし》のないことであった。また、知る意味もないことであった。

男にとってはその異形の化け物こそが唯一《ゆいいつ》の人間で、ただそれだけが、男の世界の真実だった。

だから、再び目を覚ましたときのことを、男は今でも鮮明に思い出せる。

「——気分はどうかしら」

「君は……」

ふと気がつくと、男はその女に膝枕《ひざまくら》をされていた。

「意思疎通《そつう》は出来るみたいね。ねえ、ひとつ聞きたいのだけれど、あなたには私がどう見えているの？」

女は男の顔を覗き込むと、小首を傾《かし》げた。

「どう……と言われてもな」

男は真っ先に浮かんだ言葉を口にするかしまいか、しばし考え言葉を濁《にご》す。

けれど、結局は言ってしまった。この気持ちを、幸福な感情を、誰かに伝えたかったのかもしれない。

女神のようだ、とそう言った後の、彼女の不思議そうな顔を忘れられない。そのあと、「なにそれ」と呆《あき》れたような微笑みを忘れない。

それが今なお色褪《いろあ》せない、朝凪《あさなぎ》と夕浪《ゆうなみ》の出会いの記憶だ。

×　×　×

その男は随分《ずいぶん》と久方ぶりに、自身の正体について口にした。自分が本来何者であるかを宣言した。

「人間、だと……？」

その告白に、朱雀《すざく》たちは動揺を露《あらわ》にする。確かに、この瞳に映る姿はまさしく人間のソレ。

以前から知る朝凪求得《ぐとく》そのものだ。

「は？　じゃ、なんで敵に協力してんの？」

明日葉《あすは》の詰問《きつもん》に、朝凪はふっと含みのある笑みをこぼす。

「敵、ね……。言っとくが、俺は別に人類が嫌いとか、世界が憎いとか、そういうわけじゃないぞ。むしろ気に入ってるくらいだ」

その口ぶりは平素と変わらず茶目っけを滲《にじ》ませていたが、それだけに朝凪が心底からそう思っているのだと窺《うかが》える。

だからこそ、ならば何故《なぜ》と、誰もが訝《いぶか》しむのだ。そんな視線を一身に浴びて、朝凪は飄然《ひょうぜん》と言い放った。

「……だが出会っちまったんだよ。女神様ってやつにさ」

口元こそいたずらめいていながら、その眼差《まなざ》しと声音《こわね》が真実だと告げる。

「女神様……？」

カナリアは小首を傾げた。なんの暗喩《あんゆ》だろうと考える。だが、青生《あおい》にはそれそのままの意味であることがすぐにわかった。足が勝手に前に出る。

「お願いします……朝凪さん。もうやめてください。このままじゃ、あなたは……！」

切々と訴える青生の声を遮《さえぎ》るように、朝凪はかぶりを振る。

「すまんね。そいつはできない相談だ。俺は既《すで》に道を選んでしまった。それがお前らの道と交わらないというなら——これは必定《ひつじょう》だろう」

「そ、そんな……」

青生は言葉を失い、俯《うつむ》いてしまった。朝凪の表情が物語っている。ああ、もう止められない、すべて終わってしまうのだと痛感した。

朝凪は苦み走った微笑みで青生を見つめていたが、それを振り切るようにして、朱雀へと視線を戻す。

「だからお前らの目的がわかっていても、俺が止める。ゲートは破壊させてやらん。……まだローンが残ってんだよ。払いきるまで待っててくれ」

「ふざけるな！　この期《ご》に及んでまだそんな軽口を……！　そこをどけ！　どかなければ朝凪、貴様ごと破壊するまでだ！」

「この人数相手にどうするつもりだよオッサン」

朝凪のお道化《どけ》ぶりに、朱雀はいきり立ち、霞《かすみ》は冷たく言い放つ。その言葉とともに、戦士たちは臨戦態勢に入っていた。

「警告とは優しいな。良い子に育ってくれて嬉しいぜ。だがね、やってみないとわからんぞ？　敵がどんなに弱そうに見えても油断するなと教えたはずだが？」

「ならばその教えに従ってやる！」

朱雀は斥力球《せきりょくきゅう》を生成し、霞はライフルを構える。明日葉も氷炎《ひょうえん》の拳銃を握る。この緊迫した状況をカナリアはどうしたらいいのかと必死に考えているようで身動きが取れていない。だが、もう一人。動きのない者がいた。

「……駄目っ！」

その小さな悲鳴は、朱雀の咆哮《ほうこう》と斥力球の唸《うな》りに掻き消されてしまう。朱雀が地を蹴《け》り、朝凪に殴《なぐ》りかかろうとした。

その刹那《せつな》、朱雀たちを強烈な耳鳴りが襲う。

「くっ⁉」

一同の顔が苦悶《くもん》に歪む。斥力球はモザイク状の霧となり掻き消え、明日葉の二丁拳銃からも、氷と炎の輝きが消える。霞は頭痛を堪《こら》えるように耳を押さえた。

金属を裂いたような雑音が、鼓膜の奥、脳に突き刺さり、〈世界〉の再現が叶《かな》わない。

「なにこれ……」

明日葉は未《いま》だふらつく頭に手をやりながら、異常の原因を探ろうと視線を彷徨《さまよ》わせる。やがてその先にいた元凶を見つけると、舌打ちした。

「ごめんなさい……ごめんなさい……でも、やっぱり……」

青生がぽろぽろ涙をこぼしながら悲痛に顔を歪めていた。その手元でカッターナイフのような形状をした出力兵装が命気《オーラ》の輝きを放っている。

「……私、朝凪さんと夕浪さんを裏切れません」

声は震え、掠《かす》れていた。だから、聞く者の耳を苛《さいな》む。その言葉の意味を考えずにはいられない。自分たちの行為は裏切りではないのかと自問してしまえば、反駁《はんばく》の声を上げることは難しい。そうして生まれたわずかな逡巡《しゅんじゅん》、その間に青生は朝凪のもとへと走っていた。

「青ちゃん!?」

カナリアは止めようと手を伸ばす。だが、青生はそれを振り切って、朝凪へと身を寄せた。その行動に朱雀は戸惑《とまど》い、霞は薄い吐息《といき》を漏らす。ただ、明日葉だけが敢然《かんぜん》と睨《にら》みつけている。朝凪は寂しげな微笑で青生を見つめていた。仕方のない奴だとそう言いたげに、青生の頭へ手を伸ばしかけたが、思い直して引っ込める。そして、笑顔を消すと、殊更《ことさら》に険《けわ》しい声音で問うた。

「……いいんだな？　もう、戻れんぞ？」

「……はい」

ほんの逡巡の間こそあった。しかし、青生の返事には決意が宿る。

「構いません」

眼鏡を外しながら朱雀たちを振り返ったその面構《つらがま》えは、もはや同胞のそれではなく、相容《あいい》れぬ敵のそれであった。

――敵か。と、そう口の中だけで呟《つぶや》いて、明日葉は危うげな笑みを浮かべた。

互いの結論が食い違うことそれ自体はなんら構わなかった。自分自身、たった一つの拠《よ》り所

と世界とどちらを選ぶのかと問われれば、その答えは考えるまでもない。だから、彼女の決断は尊重できる。

だから、これは別の理由だ。そもそもともと相容れないとは思っていたのだ。どうにも小賢《こざか》しくて、弱々しいくせに野辺に咲く草花を無遠慮に食《は》む子鹿みたいな様が気に入らない。自分の庭にだけいるなら関心も持たなかったろうが、いつかも今もそうしてこちらに踏み入るなら駆除するしかない。

「……メガネ、これあんたのせい？　何してくれちゃってんの」

未だ耳鳴りは止《や》まず、〈世界〉の再現はままならない。

「ええ、イメージの共有化、心を通わせる私の〈世界〉でも、一気に許容範囲以上の情報をぶつけることで相手の〈世界〉の再現を妨害《ぼうがい》することが出来るんです。……こんな形で役に立つなんて、皮肉ですよね」

冷たい眼差《まなざ》しと凍《い》てついた声音とは裏腹に、その口調は柔らかだ。無知な幼子に噛んで含めて諭《さと》すような優しさがあった。

それすなわち、明日葉を見下すことに他ならない。明日葉はぴくと眉根を寄せる。すると、青生は冷笑を浮かべたかと思いきや、唐突に踵《きびす》を返し、駆けだす。そしてそのまま、吹き抜けとなった階下へと身を躍《おど》らせて、姿を消してしまった。

「お兄《に》ぃ！　メガネ逃げた！」

「追え！　八重垣《やえがき》の〈世界〉を停《と》めないとこっちの〈世界〉が使えない。時間稼《かせ》ぎさせるな。行け！」

焦《あせ》る明日葉に、霞の指示が飛ぶ。

「いっちゃん、わたしも！」

「頼む！」

カナリアも青生の追跡に名乗りを上げて、朱雀がそれを送り出す。

「さーて……どうする？　俺としては青生の心意気にお前らが感動して矛《ほこ》を収めてくれるのが理想なんだが」

その場に残った霞と朱雀に、朝凪は悠然《ゆうぜん》と笑いかけるが、二人は無論、それを一蹴《いっしゅう》する。

「ふざけるな！　〈世界〉が使えなくとも貴様くらい！」

「まぁやるしかないでしょ」

拳を握る者、肩を竦《すく》める者。そして、やれやれと両手を広げる者。三者それぞれ違う仕草をする。だが、意味するところは同じだ。

「だーよなー……男の子はやりやすくて助かるぜ」

男たちは構える。

育ての父と、二人の息子——各々《おのおの》譲れぬものをその胸に秘めて。

時を同じくして、中央棟《とう》地下、コールドスリープセンターでも、決戦の幕が上がろうとしていた。

×　×　×

「これが本当の……アンノウン!?」

舞姫とほたるが対峙《たいじ》するは、見るも悍《おぞ》ましく、泰然《たいぜん》たる覇気を纏《まと》う、異形の人型――舞姫《まいひめ》の言葉から仮称するなら、真アンノウンとでも言おうか。

「ヒメ」

「わかってる！　みんなに被害が出ないようにしないと」

床に埋め込まれたポッドには、数え切れないほどの子供たちが眠りについている。力任《ちからまか》せの戦闘は避けねばなるまい。

「！」

アンノウンがふわりと高度を上げる。

命気《オーラ》のようなものであろうか、真アンノウンの四肢からは、緑色の焔《ほのお》が立ち昇る。それがにわかに勢いを増して、一気に空気が張り詰めた。

「ほたるちゃん！」

「ヒメは右へ！」

言葉少なな意思疎通で、二人は左右に分かれて駆け出した。二対一という数の利を活《い》かさない手はなく、挟撃の陣容をとる。アンノウンは一瞬、戸惑うような仕草を見せたが、両腕をそれぞれに差し伸べた。

刹那、乱気流が生じ、塵芥《じんかい》を巻き上げる。後には大嵐が通り過ぎたような残骸が舞い散っていた。相手が常人なれば、これであえなく決着がついていたろう。

しかし、舞姫とほたるは神奈川校が誇る百戦錬磨の英傑《えいけつ》である。

二人はその乱気流の正体が、無色透明の触手のような〝何か〟であることを直感した。

「ふッ」

鋭い息吹《いぶき》。鞘走《さやばし》る刀身。幾重《いくえ》にも重なる金属音。

ほたるの乱れ斬《ぎ》りが、不可視の触手をことごとく払い、宙に銀色の火花が散った。

瞬速にして精妙なる剣技をほたるが披露《ひろう》する一方、舞姫の剣は豪快の一言。

「どりゃあ！」

小さな身体を深く沈ませ、脇構《わきがま》えからの渾身《こんしん》の一太刀《ひとたち》。

命気迸《ほとばし》る光の大剣が、迫りくる不可視の触手ごと、アンノウン本体を薙《な》ぎ払った。

命気と煙塵《えんじん》が爆《は》ぜる。

「しゃ！」

直撃の手応《てごた》えに、舞姫はガッツポーズで快哉《かいさい》を叫ぶ。しかし、その過《あやま》ちにすぐに気づいて、目を剝いた。

「!? うそ!?」

「くッ!」

流れ去る塵埃《じんあい》の向こうから現れたのは、無傷のアンノウンの威容《いよう》だった。

× × ×

男たちの咆哮が、乾いた拳打《けんだ》の音が響いている。

朱雀が地を蹴ると、朝凪との距離は瞬《また》く間《ま》に埋まった。互いの間合いが重なり、気迫のこもった朱雀の拳が唸《うな》る。

「うおぉぉぉおおお!」

確かに〈世界〉は封じられた。しかし曲がりなりにも朱雀は東京校の首席。戦場の最前線に立ち続けてきた精強の兵である。

徒手格闘の実力も卓抜。

その拳は風を逆巻き、正確無比に朝凪の顎《あご》を打ち抜こうとした。だが、捌《さば》かれて、逆にカウンターを顎に叩き込まれ、朱雀は体を仰《の》け反《ぞ》らせる。

しかし、怯《ひる》まない。間髪《かんはつ》を容《い》れず二発、三発と連撃を継ぐ。しかし、それすらも巧《たく》みに受け流され、再び襲いかかる朝凪の鉄拳。カウンター。

同じ轍《てつ》は踏まない。すかさずガード。朝凪の拳を受け止める。

そのまま押し込んで朱雀が反撃に出ようとした矢先、ガードをぶち破って、槍《やり》のような朝凪の前蹴りが、顔面を打ち抜いた。

「がっ――!?」

朱雀はたたらを踏んで後ずさる。

朝凪は得意げに口の端《は》を持ち上げた。その一瞬の気の緩《ゆる》みを、ライフルの照準が捉《とら》えている。

霞の〈世界〉はただ音を聞くだけのものでしかない。その力を使い、数多《あまた》の情報を取得し、精査し、計算を終えてこそ、その超人的精密射撃が可能となる。故《ゆえ》に、今は超長射程のスナイプや跳弾《ちょうだん》を利用したトリッキーな狙撃《そげき》、誇張でなく針の穴さえ通す精密射撃といった超常の現象は起こしえない。

だから、逆に言ってしまえば常識の範囲内での狙撃ならできるのだ。

〈世界〉なんて異能がなくとも引き金を引けば銃弾は飛ぶ。求められるものは技量と感性、そして覚悟。

繰り返し繰り返し訓練し、その身体に技術を植え付けた。弱者であるがゆえに最大効率を考え続けた結果、その心に感性は培《つちか》われた。そして、守ると決めたその時に、人を撃つことを、人を殺すことを躊躇《ちゅうちょ》しない覚悟は、その命に刻まれている。

銃声が轟《とどろ》き、弾丸が放たれる。

一発必中。狙いは違《たが》わず朝凪の眉間《みけん》。血の花がそこに咲くはずだった。

が、パシンと耳慣れない音がした。

気付くと朝凪は、おでこに握り拳を添えている。銃撃に倒れる様子もない。

「おいおい、マジかよ……」

「朝凪……、貴様《きさま》、本当にただの人間か!?」

霞も朱雀も狼狽《ろうばい》する。

朝凪がゆっくり開いた握り拳からは、一発の弾丸がこぼれ落ちた。驚愕《きょうがく》の事態はそれだけにとどまらない。

「人間だよ？　ただ、お前らを改造したアンノウンと、もっとも長く過ごしてきた人間だ」

言下に朝凪は窮屈《きゅうくつ》そうな軍服を破り捨てる。露《あらわ》になった右半身に異変が起こっていた。

突如《とつじょ》筋肉が膨張《ぼうちょう》、変質し、眼球のような水晶体が斑《まだら》状に開眼する。その異変は顔の右半分をも飲み込んで、朝凪は怪物へと変貌を遂《と》げた。

「お前たちみたいな能力は使えんが……オッサンもそこそこ戦えるんだぞ？」

何が人間か。何がオッサンか。いけしゃあしゃあとほざく朝凪のなんと凶悪なることか。

彼我《ひが》の戦力差は一目瞭然《いちもくりょうぜん》。

朱雀は苦々しく霞に囁《ささや》きかける。

「おい、カスゴミくん」

「なに、クズザコさん」

「朝凪とまともにやらずに装置を壊す案を出せ。今なら聞く」

「俺なんかの作戦に頼っていいわけ？　勘違いヒーローさん」

「ふん。そういうの得意だろ、無責任男」

「お前俺のこと好きすぎでしょ……。無理、普通に無理だから」

「……くっ」

冷や汗交じりに歯噛みする朱雀だが、朝凪もいつまでも待ってはくれない。

「さて、相談タイムはもういいか？　この際最期《さいご》まで付き合ってもらうぞ！」

突進してきた朝凪は、その勢いのままに右腕を振るう。

霞と朱雀とはまだ距離があった。しかし朝凪の右腕は、爆発的に床を抉《えぐ》り飛ばし、瓦礫《がれき》の散弾を走らせた。

空《くう》を裂いて急襲する、金属片とコンクリートの礫《つぶて》。

朱雀と霞の叫び声は、轟音に飲まれ掻き消された。

×　×　×

中央棟内は半ば迷宮めいていた。元々入り組んだ造りであるのに加え、異次元物質による侵食と崩壊の憂《う》き目に遭《あ》っているせいだ。フロアマップを逐一《ちくいち》確認しない限りは、自分が今どこにいるのかの把握も難しい。追跡者を撒《ま》き、身を隠すのに、これほど都合のいい場所もなかろう。

こつこつと、無人の廊下に一人分の足音が響く。

歩調こそ落ち着いてはいるが、わざと床を鳴らすようなその足音には、苛立《いらだ》ちが色濃く滲《にじ》んでいた。

廊下を抜けた先。元はラウンジか何かであったのだろう、柱が立ち並び、椅子とテーブルがそこかしこに配された広間になっている。

そして足音の主《ぬし》、千種《ちぐさ》明日葉はその戸口で立ち止まると、伽藍洞《がらんどう》の広間に声を投げかけた。

「もう逃げるのやめたの？」

声音にもまた苛立ちが滲み、明日葉の眉間《みけん》には皺《しわ》が寄る。耳鳴りは未だに止《や》まずにいる。

「この頭ガンガンするやつ今すぐ止めてくんない？　じゃないと……」

言いながら明日葉は広間に踏み入っていく。すると、強気な台詞《せりふ》とともに、柱の陰から一人の少女が姿を現した。

「申し訳ありませんけど、やられてあげませんし、止めてもあげません」

いつもの猫背気味な立ち姿ではなく、今は背筋が伸びている。普段はレンズの奥で気弱そうな瞳は挑発的に細められ、いっそ妖艶《ようえん》ですらあった。

明日葉自身、ここへ誘い込まれた自覚はある。

「後方支援専門のメガネの割にけっこう言うじゃん。その度胸だけは褒《ほ》めたげる」

だから、そう言うだけで開戦の合図になった。

言うが早いか、明日葉は二発、青生に銃弾を撃ち込んだ。

今は一秒でも時間が惜しい。即決着をつけたかった。つけられると踏んでいた。

だが、その思惑《おもわく》と目算を、青生はやすやすと打ち砕いた。青生は豹《ひょう》のごとく、明日葉が発砲すると同時に、否《いな》、それよりも数瞬早く、青生は駆けだした。明日葉に向かって、銃弾を躱しながら。

「!?」

「ちょっと、舐《な》め過ぎなんじゃないですか?」

その声は明日葉の背後から響く。すぐさま体を翻《ひるがえ》し、振り向きざまに撃った。だが、銃弾はことごとく、紙一重《かみひとえ》で躱される。

焦燥《しょうそう》と危機感が突沸《とっぷつ》する。実体のない影でも撃っているような錯覚にすら陥る。

その錯覚を振り払うように、明日葉は苦し紛《まぎ》れの一発を撃とうとした。だが、それより早く、青生の手が伸び、銃を摑まれてしまう。引き金にかかる指ごと握り込まれ、左手の自由を奪われた。

「これでも凛堂《りんどう》さんが次席になるまで天河《てんかわ》舞姫の右腕だった女ですよ？」

「くッ！」

青生の言葉が虚勢でも傲《おご》りでもないことを、認めざるをえない。こんなにもあっさり懐《ふところ》に潜《もぐ》り込んできた青生に、明日葉は脅威《きょうい》を覚えた。

しかしまだ右手が生きている。この距離からの接射ならば避けられまい。

明日葉の右手の銃が青生を追う、否《いな》、追おうとした。だが青生は、あたかもそれを予期していたかのように、淀《よど》みなく明日葉の左側面へと踏み込んで逃れた。

刹那、明日葉の左手首に激痛が走る。かと思えば左手首を起点に体が浮き、軽々と振り回された。小手返し、明日葉の脳裏によぎったのはそれ。しかし青生の技は、さらにその一歩先をゆく。

「ふッ！」

青生は独楽《こま》のように反転すると、伸び切った明日葉の左肩に、痛烈な当て身を叩き込んだ。

体の中で嫌な音が響いた。

「がっ――!?」

激痛のあまり、悶絶《もんぜつ》の絶叫も言葉にならず、明日葉はがむしゃらに乱射した。するとようやく青生は明日葉の左手を放し、柱の陰に飛び込んで姿をくらませた。明日葉は苦痛に顔を歪め、額に脂汗《あぶらあせ》を浮かべる。辛《かろ》うじて銃は指先に引っかかっているものの、左腕はだらりと垂れて動かない。

「……動き……なに？　キモい……」

忌々《いまいま》しさを露《あらわ》に、明日葉は呻《うめ》く。

先程からの青生の動きには違和感があった。

青生はこちらの動きの起こり、すなわち、ごく微細な予備動作の、さらにその前段階で先手を打ってきている。それは反射神経や反応速度といったものとはまるで別種のものだ。

——これって、なんか……。

明日葉の脳裏をよぎった言葉。だが、それを口にしたのは明日葉ではない。

「『心、読まれてるみたい』……ですか？」

「!?」

胸中を、一言一句違《たが》わず言い当てられ、明日葉はぞわりと総毛立つ。

「言ったでしょう？　私の世界は心をつなぐ世界……送信ほど広くはないですが、こうして相対してれば見えますよ」

八重垣青生。彼女の世界の特性は、情報伝達能力の高さに注目されがちだ。しかしその本質は精神干渉《かんしょう》。限定的条件下であれば、読心《どくしん》までをも可能とする。立ち会いにおいてこれほど優位性を誇る能力も他にない。

だが、種は割れた。であれば、その対応を考えるだけだ。明日葉はこれまでの経験則に照らし合わせる。

今まで自分はどう戦ってきた、どうやって勝ってきた。いつもだったらこういう時はきっと……。と、答えを見つけかけた時。

「あなたは幸せですね。大好きなお兄さんに愛されて……」

青生がその答えを口にした。そのことが明日葉は気に入らない。何勝手に語ってんの、と声のほうへと視線をやる。

「お母さんも見つかって……」

柱の陰から紡《つむ》がれるその言葉には、恨みがましい、呪詛《じゅそ》のような響きがあった。

事実、青生はこの時、明日葉のことを心の底から妬《ねた》んでいた。

才能もある。美貌もある。自由気ままに立ち振る舞っても許される空気がある。

皮肉屋だけれど誠実な兄がいて、その愛情を一身に受けている。彼女の不器用な愛情を受け止めてもらえている。

その上、彼女のもとには血の繋《つな》がった実の母まで現れた。

自分とは何もかもが正反対。

ずるい。

何もかもを手に入れたずるい人が、自分から家族を奪うなんて許せるはずがない。

そんな青生の心情が、明日葉には手に取るように分かった。別に〈世界〉の力など必要ではない。

ただ彼女の口ぶりや、そのまなざしを見れば十二分にわかる。

わかるからこそ、明日葉は苛立つのだ。

「きも……心底気色悪い……このメガネ……」

あたしも知らないあたしの気持ちを勝手に知るな。あたしもわからないあたしの心をわかった気になるな。

明日葉の瞳は怒りで紅蓮《ぐれん》の如く燃え上がり、そして胸中を吹雪《ふぶき》が逆巻き、心を凍《い》てつかせていく。

〈世界〉は依然《いぜん》使えない。左腕もうまく動かない。撃ったところで当たらない。

けれど、関係ない。

そんなことはどうでもいい。ごちゃごちゃ考えるのはもうやめだ。

「ぶっころ……す！」

左腕の痛みを意識から排し、右手の銃を握り直して、明日葉は床を蹴った。

×　×　×

まず地鳴りが轟いた。

続いてさいたま管理局全体が、突き上げるような揺れに見舞われた。管理局の中庭が地中深くより吹き飛んでいく。火こそ噴かないが、その光景は火山の噴火に近い。噴石と土塊《つちくれ》、それに建材と思わしき鉄骨や金属片が、天を穿《うが》たんばかりに噴き上がる。

およそ命あるものが存在できる環境には見えない。だが、その中で、瓦礫を足場に跳梁《ちょうりょう》する、二つの影があった。

天河舞姫、凛堂ほたる、両名は地下のコールドスリープセンターから、文字通り地上へと飛び出してきた。

二つの影を追って、さらに色濃く巨大な影が伸びてくる。それが名乗りを上げることはない。故に、人は呼んだのだ、アンノウン、と。

「おりゃあッ！」

「はあッ！」

熾烈《しれつ》な剣戟《けんげき》を繰り広げる二人の連携は完璧だった。目配せすら交わすことなく、阿吽《あうん》の呼吸で互いに動きを合わせ、目まぐるしい攻防を展開させる。

今しがたなど、噴石を目眩《めくら》ましにした刹那の虚を衝き、アンノウンに挟撃《きょうげき》を見舞った。

舞姫が頭上より大剣を斬り下ろし、ほたるが下方から逆袈裟《ぎゃくけさ》で一閃。牙《きば》を蓄えた獣が顎を閉じるが如く、上下からの同時斬撃が奔《はし》る。

太刀筋、剣速、威力は十二分。龍をも断首せしめよう必殺の剣。

だが、アンノウンはそれを、前腕と脛《すね》でそれぞれ受け止めた。アンノウンの外殻《がいかく》は刃《やいば》を通さず抗し、衝突と相克《そうこく》のエネルギーが、大気を震撼《しんかん》させて爆ぜる。

「くッ」

「な……」

アンノウンのその硬度たるや、驚愕を超えて戦慄《せんりつ》を覚える。

二人はやむなく鍔迫《つばぜ》り合いを解き、距離を取るが、転じてアンノウンが攻勢に出た。不可視の触手が、唸りを上げて舞姫を追撃する。

舞姫はこれを受け、捌《さば》いたが、吹っ飛ばされて体勢を崩す。

「のわーッ」

するとこの好機を逃さず、不可視の触手は大挙して舞姫に殺到した。

「ヒメ!」

させじと、ほたるが割って入る。

「おおおおおお!」

舞姫を庇《かば》い立ち、無数の不可視の触手の猛攻を刃《やいば》の結界で押し返す。

刀を盾《たて》となし、我が身を鎧《よろい》となし、幾千幾万幾星霜《いくせいそう》と剣閃《けんせん》を重ねた。命尽き刀折れようとも彼女を守ると決めていた。

その剣技は神速を誇る。

だが、敵は時の概念さえも踏み越えていた。不可視の技は既に不可知のものとなり、刃の壁をすり抜ける。

「ほたるちゃん！」

舞姫の悲痛な叫びが響く。

捌ききれなかった触手の数だけ、ほたるの両腕から血飛沫《ちしぶき》が散った。

×　×　×

地震のような揺れを感じた直後、中庭で巨大な土煙が昇るのを、朝凪は見ていた。

それが何かは、おおよその見当はつく。

舞姫たちが派手な大立ち回りを演じているのだろう。相手が相手だ。苦戦を強《し》いられ、全身全霊を懸《か》けて挑《いど》みかかっているに違いない。

それに引き換え……とばかりに、朝凪は眼前へと視線を戻した。

「さて……さっきまでの威勢はどうした？　男の子」

そこには、もはやライフルをも手放し、大の字で伸びている霞がいる。既に意識は手放しているかのようだった。一方、残る朱雀は片膝をつき肩で息しているものの、戦意を失ってはいない。

「はぁ、はぁ、はぁ……くッ……貴様、その身体で人間だとかどの口で……！」

二人は半ば怪物と化した朝凪に、手も足も出せず、窮地《きゅうち》に追い込まれている。朱雀は忌々しげに唸るが、朝凪は鷹揚《おうよう》に頷いた。

「おうとも。〝人とは心の有り様《ありよう》〟だろう？　もし俺が人間でないなら、お前らは一体何になるんだろうな」

「……っ！」

軽く投げかけられた問答のはずだった。だが、朱雀の視線は己《おの》が腕へと注がれる。この超常の能力を持つ我が身は果たして人間かと、異形を宿す朝凪求得と何が違うのかと、自問していた。

朝凪は苦笑する。こんな軽口に付き合うのはこいつくらいだろうと、その生真面目《きまじめ》さを褒めるように。

「あー、いちいち反応しなくていいぞ。そういうところは嫌いじゃないがね」

が、その笑みが消える間際《まぎわ》、パンッと、朝凪の言葉尻に一発の銃声が重なった。

魔弾《まだん》の射手《しゃしゅ》はくすりともにやりとも笑わずに、ただ懐に忍ばせていた拳銃を抜いていた。戦闘不能を装《よそお》いながら、千載一遇《せんざいいちぐう》のチャンスをひたすら待っていた。

千種霞はそういう男だ。

狙いも正確で、弾道は朝凪の顔面を捉えていた。

そのはずだ。

「マジかよ……」

驚愕というより、ほとんど呆れに近い声を霞は漏らす。すると、朝凪が額の前に構えていた拳を開く。

「――いい腕だ。冷静でしたたか。いや、それ以上に、迷いなく俺の急所に狙いを定める覚悟を褒めてやるべきか?」

今しがた虚空《こくう》で摘《つ》み取った銃弾を指先で弄《もてあそ》びながら朝凪は霞に声をかけた。

「……誰かさんにそう教えてもらったもんでね」

霞が肩を竦めて言い返すと、朝凪は昔を懐かしむように苦み走った笑みを浮かべる。いつかもいつか、そんなことを言った覚えが朝凪にはあった。身体能力が低い分は他のことで補えるのだとそんな話をしたのだったか。よく憶えているものだ、と物思いにふけっていると、地を駆ける足音が聞こえた。

すぐさま振り向けば、朱雀が倒れそうになりながらも拳をこちらに突き出してきている。それを軽くあしらうと、朱雀は歯噛みして怒鳴った。

「朝凪!　貴様、なぜそんな身体にされてまでアンノウンの味方をする!　身体だけでなく人の誇りまで奪われたのか!?」

「言っただろう？　女神様に出会っちまった。それだけの話だ」

いくら壱弥《いちや》になじられようと、変わらず朝凪は飄然としたものだ。

「ただまぁ……お前らと過ごしたこの十数年は楽しかったぜ」

そう付け加えられた言葉も、かすかに惜別《せきべつ》の哀愁《あいしゅう》を帯びてはいた。しかし裏を返せばそれは、朱雀たちとの決別を覚悟したからこそ、その哀切は存在する。

「あいつとの約束だからな。殺しはしない。もうしばらくそのままおとなしくしてもらうぞ」

言下に、朝凪は二人に両の手のひらを向ける。

未だ人間の体を残す左腕と、悪魔めいた異形を証《あか》す右腕――そこから放たれたのは、人智を超える膨大な命気《オーラ》。その荒ぶる波濤《はとう》が二人を襲い、全身を叩いた。

朱雀と霞は落ち葉のように軽々吹き飛ばされ、背後の壁に激突し、そのまま命気の嵐に磔状《はりつけ》態にされてしまう。

身動き一つとれやしない。押し潰されそうだった。壁と背骨が、共にミシミシと不吉な軋《きし》みを上げる。

「ぐッ……！」

いや、軋んでいるのはそれだけではない。

心もだ。

朝凪を相手に為《な》す術《すべ》がない、勝機が欠片《かけら》も見いだせない、絶望、二人の苦悶の表情にはそれが表れていた。

　すると、折れろとばかりに命気の圧はさらに強まる。

　筋繊維と神経が全身灼《や》き切れそうだ。

　いっそ気絶してしまったほうが楽になれるだろう。眠りについてしまえば、世界の終わりも見届けずに済む。ならば、それに越したことはないではないか——。

　ふっと朱雀の瞳から、戦意の光が儚く消えかけた。

　その時だった。

　——清涼なる風が、耳を吹き抜けた。

「——……？」

　そんな感覚を覚えるような透き通った旋律が、朱雀の鼓膜を優しく撫でた。

　気を失う間際のこと。意識が混濁《こんだく》する最中《さなか》のこと。

　空耳か幻聴でもおかしくはない。が、そのどちらでもない。

　確かに聞こえる。

　その証拠に、霞も怪訝な顔で、何かを探すように視線を彷徨《さまよ》わせている。朝凪も同じように聞こえているのだ。

　朱雀は手放しかけた意識を手繰《たぐ》り寄せ、耳を澄ませた。

　間違いない。

──歌が、聞こえた。

×　×　×

カナリアは走っていた。

「──明日ちゃーん！　青ちゃーん！　喧嘩はダメ～！　……あと、どこ～？」

青生と明日葉、二人を追っていたはずだったがどこをどう間違えたのか二人からはぐれ、一人中央棟内を迷走中だった。

それでも言葉だけは届けとばかりに大きな声をあげるが、壁に当たって虚《むな》しく響くばかりだ。

「……迷った？」

その事実に気づいても、しかしカナリアは走ることをやめない。

走れども、走れども、人っ子一人見当たらない。

ただ無力感とだけ並走する。相も変わらず何もできない。二人にも追いつくことができない。青生の〈世界〉を止めることもできない。終わりゆく世界を救うこともできない。自分は、なんの役にも立たないかもしれない……。

けれど、それが足を止める理由にはならない。

カナリアはもうずっと前から知っている。

自分が無力なことも、自分が無能なことも。自分が無意味なことも、自分が無価値なことも。

——わたしは、わたしだけは……、戦うことも、未だに空を飛ぶこともできなくて……、ずっと、ずうっと、なにも、なんにも……。

「——あ……」

愚直な思いを抱えて走るカナリアの足が、やがて止まった。

諦めたからではない。

カナリアは見たのだ。

「ゲート……？　あんなに近くに……」

崩れた天井から見える空、そこにはオーロラ状の不気味な輝きを放つ、太陽のような球体が浮かんでいる。

どうやら知らず知らず、中央棟の上へ上へと向かっていたらしい。

手を伸ばせば届くような位置にある、次元掘削《くっさく》ホール、それを目《ま》の当たりにし、カナリアは、自分に出来ることをようやく見つけた。

——わたしはいつも、わたしにできることしかできない……！

走って、走って、がむしゃらに走り抜けたその先にそれはあった。

「はぁ……はぁ……」

一度だけ膝に手を置き、息を整える。

そして、また弾かれたように、再びカナリアは走りだす。

崩れかけの階段を一息に駆け上がり、最上階にまで躍《おど》り出る。

――空を飛べなくても、地上を走ることしかできなくても。わたしは、わたしは……。

今までもそうだったはずだ。

元々自分にできることは、これくらいしかない。カナリアは呼吸を整え、出力兵装のマイクを握る。

大きくお腹《なか》で息をし、初めの一音を口にした。後は思い通りに口ずさみ、想《おも》いの限りに声を出す。

人と異形が鬩《せめ》ぎ合う臨界の地に、祈りの唄《うた》が澄み渡る。

×　×　×

歌声に、気づけば朝凪は破顔していた。

「いつの間に……何をやっているんだあいつは……」

呆れたように頭上を見やれば、視線の先には、屋上の縁《へり》に立って歌うカナリアの姿がある。

まったくあいつもあいつで目を離すと何をするかわからん奴だと苦笑交じりに言っていた。

すると、朝凪の独り言に朱雀が喘《あえ》ぐように答えた。

「大方、道にでも迷ったんだろう……そういう奴だ、カナリアってのは」

「はっ……。それでゲートに向かったのか。何が出来るというわけでもあるまいし……」

言いながら、朝凪は朱雀に視線を戻した。依然、朱雀と霞は朝凪の放つ命気《オーラ》に襲われ、為す術もなく壁に磔になっている。

青生により〈世界〉を封じられた今、カナリアの歌には何の効果もない。カナリアもそれは承知しているはずだ。

それでも歌う、か。そこに何の意味もなくとも……。

ほんの一瞬、朝凪の顔に感傷が浮かんだ。

「そうやって、……諦めたのか」

不意に投げかけられた朱雀の一言に、朝凪の片眉がぴくりと跳ねる。

朱雀のその言葉は棘《とげ》のようで、朝凪の胸をちくちくと苛《さいな》んだ。ずっと昔の自分を、あるいは彼女を止めることさえしなかった今の自分に向けられた言葉のように聞こえたから。

それが疎《うと》ましく、朝凪《ざこ》は朱雀に目を眇《すが》める。そして少なからず驚かされた。

つい先程まで死に損ないのような顔をしていたくせに、朱雀の双眸《そうぼう》は確たる戦意を取り戻していたのだ。

「あいつは諦めない。出来ることだけを出来るだけ頑張ってしまう。そういうやつだ、あいつは！」

だ。


朱雀は吼える。

カナリアという女の子は、だからこそ貴いのだ。何が出来るわけでもないというのに、それでもなお諦めず、自分に出来ることをしようという、その愚直なまでの直向《ひたむ》きさこそが尊いのだ。

であるならば、何かを成し遂げうる力を持つ人間が、諦めていい道理などない。

「朝凪！　お前が何のために戦ってるのか俺はわからない。だが、あいつが諦めないうちに俺が諦めるわけにはいかない！　あいつ一人守れなくて、世界が守れるか！」

ぐぐっと、朱雀の上体が動く。圧し潰さんと吹きつける命気《オーラ》の中で、不格好ながらもがく。血管が破裂しそうだった。心臓が爆発しそうだった。手足が千切れそうだった。

それでも朱雀は苛烈な命気の波濤に逆らい、一歩、また一歩と前進する。

朱雀は願った。祈った。夢を見た。

彼の答えは決まっている。問いかけへの正しい回答はこれだとそう信じる。

世界と愛する女を天秤《てんびん》にかけたりしない。彼女のいる世界を守る。それが彼の答えだ。

その強い想いに、世界は応える。

バチリと、朱雀の頭上で紫電《しでん》が弾けた。しかしすぐに消えてなくなってしまう。それでも、朱雀はまた一歩足を踏み出す。すると再び、バチバチと紫電が弾けた。

その小さな光を見た霞が、薄く笑った。

×　×　×

明日葉のその行動はほとんど本能に近かった。

出鱈目《でたらめ》に壁を撃ち、跳ね回った弾丸。自分の思考や感情とは無縁の鉛玉《なまりだま》。明日葉自身にもどこへ飛んでいくかわからない不可知の魔弾。

「ッ！」

その滅多矢鱈《めったやたら》に撃ちまくり、屋内を跳ね回った銃弾の一発が青生の足元を掠める。その隙をついて、明日葉は瞬時に飛びかかった。

もはや頭の中にあるのはムカつくというただ一語だけ。

策も思考も語彙《ごい》もすべて投げ捨て、ミドルレンジ、ロングレンジの利点さえも捨て、銃を手放し、掌底《しょうてい》で思い切り打ち抜く。

獣じみた一発に青生の体が揺らいだ。

「こ、この短時間で、こうまで見事に思考と動きをずらすなんて――」

「ちょっと舐めすぎなんじゃないの？　こちとら207位の妹よ？」

へらっと皮肉げに笑う顔は確かによく似ている。

あの不器用で下手《へた》くそな笑顔は嫌いじゃなかった。

顔を合わせても視線が合うことはなく、いつもすっと逸らされて、そのまなざしの先には彼女がいて、見つけるたびにふっと微笑む。そのたびに彼女のことが羨《うらや》ましくて、それと同時に彼に共感を覚えた。きっと彼も自分と同じように大事なものがちゃんとあって、そのためなら自分の価値など擲《なげう》てる人なのだと思ったから。

けれど、彼もやっぱり違う。持てる者と持たざる者はすべてが違う。

だから、その微笑みも否定しなければ。

青生は明日葉へ半歩踏み込む。そのショートレンジこそは青生の間合い。

近接戦闘ならば青生のほうに分《ぶ》がある。一瞬の動揺こそあれ、青生はすぐさま冷静さを取り戻し、ともすれば冷徹さをもって明日葉の腕を搦《から》め捕《と》る。果ては冷酷さを滲ませて引き倒した。

青生は明日葉を組み伏せて、前腕で明日葉の喉を圧迫しにかかる。

明日葉の左腕はすでに使い物にならず、右腕一本で何とか抵抗している状態だ。呼吸もままならず、表情が苦悶で歪む。

それを見下ろす青生の目には、黒い情念が渦巻いていた。

「私には何もなかったのに、あなたは……」

「……っ！」

「私、あなたのこと嫌いです」

それが青生の本心であることは、容赦《ようしゃ》なく喉に体重を掛けてくることからも伝わる。

「……ウケる。両思いじゃん、あたしたち……！」

だから明日葉も本心を口にする。息苦しい中で、明日葉は不敵に笑ってみせた。

「っ！」

神経を逆撫でされた青生は、忌々しげに前腕に力を込める。

いけ好かない明日葉の笑みは苦悶に塗り替えられたが、青生はなお力を緩めない。

嫌いだ。嫌いだ。嫌いだ。嫌いだ。

何もかもを手にして幸せな明日葉にだけは、奪われてはならない。ようやく手に入れた家族を……朝凪を、夕浪を。

この身すべてを、自重も筋力も〈世界〉も感情も、己《おの》が存在すべてを使って、青生は明日葉の体を圧迫する。

だから、彼女と彼女の世界がぶつかるのは必定だった。

青生の脳裏に、明日葉の見た世界が流れ込む。

――一面、焼け野原と化した廃都で、一人の少女が途方に暮れて立ち尽くしていた。誰一人として近くにいない。あれほど自分に囁きかけてくれた人もいない。あれほど強く握りしめたはずの手もほどけてしまった。その世界に寄る辺《べ》はなく、記憶さえもおぼろげで、燦然《さんぜん》と照らす太陽がこんなにも冷たい。

それは強く、深い、喪失感と絶望だった。

「!?」

青生は目を剝く。なぜ、すべてを手に入れて幸せなはずの彼女にこんな感情が眠っているのか──青生は当惑し、訝《いぶか》しんだ。

その一瞬、青生の力が緩んだ。

「……っ！」

それを明日葉は見逃さない。渾身の力で青生を蹴り飛ばす。

たたらを踏んで後ずさる青生、その額に、明日葉は泥臭《どろくさ》く頭突きを叩き込む。

視界に星を散らしながら、青生はさらに後退する。一旦仕切り直すべく、間合いを取ろうとしたのだろう。だが、逆に明日葉は一気に踏み込んで、跳躍した。

右腕を青生の首に絡め、全身を振り子のようにぶん回す。その遠心力に青生を巻き込み、そのまま青生を組み伏せた。

なぜ青生が力を緩めたかなんて知らない。興味もない。ただわかっていることはひとつだけ。

今この瞬間を逃したら、たぶんもう次はない。

うつ伏せの青生の背後から、明日葉はチョークスリーパーを極《き》めて一気に絞め上げた。

「お、ち、ろーッ！」

「がっ！　あッ……！」

青生の口から呻《うめ》きが漏れる。

意識が薄れゆく中、青生は気力を振り絞り、制服の内ポケットをまさぐった。

指先に触れた、硬く冷たい感触——出力兵装のナイフを取り出す。握り込んだ柄《え》を親指でなぞると、鋭利な白刃《はくじん》がキンと飛び出した。

明日葉は体を密着させている。どこを刺したっていい。

まずはこの首に回っている腕だろうか。滅多刺しにしてやればいい。強欲にもすべてを手に入れた、この忌々しい腕を。一度失ったものを、幸運にも取り戻したこの腕を。

「…………」

——一度、失った……？

自身の心の声に、青生ははっとした。そして、理解した。

先程垣間見《かいまみ》た彼女の世界。

明日葉は、ずっとすべてを持っていたわけではない。ずっと幸せだったわけではない。

彼女は一度、持っているすべてを失ったのだ。

母の記憶はおぼろげで、父の想い出は薄れゆき、寄り添ってくれた兄とさえ離れてしまった。

その喪失感と絶望に、一度叩きのめされているのだ。

だから、二度と失わないようにと、彼女は強くその手を握った……。

——ああ、やっぱり、嫌いだ。それは幸運だっただけだ。家族に再び出会えたことも、再び会いたいと強く思えるほど愛に包まれていたことも、二度と離さないとそう誓えるほど愛することができたのも。

ああ、許せない。恨めしい。

それは私にはできなかったことだから。

「…………──」

青生の体から、徐々に力が抜けていく。

苦悶の喘《あえ》ぎももう漏れない。

やがて青生のその手から、ナイフが転がり落ちて乾いた音を立てた。

「はあ、はあ、はあ、はあ……」

息切れした体をなんとか起こし、明日葉は壁にもたれかかった。

不慣れな取っ組み合いなんてしたせいか、体力は底をついていた。意識外に追いやっていた左腕の痛みも、ズキズキと重傷のほどを主張しだす。

それでも、勝った。しかし、明日葉の表情は浮かない。

気を失って床に伏す青生を見やる。

その手元に転がるナイフと、眦《めじり》に滲む涙に、明日葉は唇を噛む。

「どうしたって認められないんだから……刺せばよかったのに……バカじゃん。そういうとこ、ほんと嫌い……」

そう言い捨てて、明日葉は足を引きずりながら歩き出した。ずっと待ってくれている人のもとへ向かうために。

×　×　×

歌が響いていた。

本来単なる祈りに過ぎない音律。だが、彼女が願い憧《あこが》れ夢見た〈世界〉においては加護と癒《いや》しを与え、戦う者の勇気へと変わる。

それは、世界に捧《ささ》げる祈りの歌。

気力のみで朝凪《あさなぎ》に抗《あらが》っていた朱雀《すざく》を、重力の歪《ゆが》みが加勢する。

「うおおおおおおおおお！」

雄々《おお》しき咆哮《ほうこう》と迸《ほとばし》る命気《オーラ》。紫電が激しく炸裂した痕から、いくつもの斥力球《せきりょくきゅう》が産声《うぶごえ》を上げる。

朱雀が解放した渾身《こんしん》の〈世界〉は、カナリアの〈世界〉と融和《ゆうわ》し、なお膨《ふく》れ上がった。

そして朝凪が放つ命気の波濤《はとう》と、真正面から衝突する。

人間とアンノウン。相容《あいい》れず、相克《そうこく》する二つの力。

耳をつんざく轟音と、肌身を裂くような衝撃波を撒《ま》き散らす。

「ッ！」

朝凪の顔から余裕が消え、徐々に朱雀の力が朝凪の命気を押し返す。

その背中を見つめて、霞《かすみ》は片頬吊り上げて皮肉げに笑った。

――ああ、そうだ。それだよ、かっこいいじゃねえか。やっぱりお前はそういうのがよく似合う。

初めて戦場でその姿を見た時からずっと思っていたのだ。

黒い雷を伴って空を駆ける姿、誰よりも前に立つ在《あ》り方《かた》、その分余計に傷ついていつも寂《さび》しげな横顔。

きっと憧れとは少し違う。好意や尊敬などあるわけもなく、感謝だってしたことがない。

だからこれはただの願望。手前勝手な感傷を押し付けるだけの言葉。誰からの理解も求めていない自己満足。

「……ぶちかませ、ヒーロー」

轟音と雷鳴に掻き消されて、届かないと知りながら。

千種《ちぐさ》霞は呟《つぶや》いた。

×　×　×

さいたま管理局の敷地内には、聖堂と呼ばれる施設がある。

体育館ほどの広さがあり、向かって正面には祭壇が設《しつら》えられ、女神か何かを象《かたど》った石像が祀《まつ》られている。ここでは集会なども開かれていたのだろう。規則正しく並ぶ長椅子からそのことが窺《うかが》える。

こんな施設があることを、舞姫《まいひめ》は幼い頃から知っていた。けれど集会に参加したことはなかったし、大人たちから教義などを説かれたこともない。

そもそもどういった信仰なのかも聞かされていなかったし、気にも留《と》めなかった。大災禍《だいさいか》以前の日本には、街中のいたるところに由来《ゆらい》も知らないお地蔵さんや祠《ほこら》が何とはなしにあったものだ。舞姫にとってはこの聖堂も、そういったものでしかなかった。

しかし今、このような事態になって初めて理解した。

この聖堂は〝大人たち〟――すなわちアンノウンのための施設であったことを。

ぼろぼろの舞姫がふと見上げた先、ずっと女神像だと思っていたそれは、異形《いぎょう》の化け物の像だった。

コードによる視覚情報操作から解放された今、舞姫の目にはこの聖堂は、邪神を祀る不気味な神殿に映る。

そして、そんな邪神の顕現《けんげん》のような存在――アンノウンが、崩落した聖堂の天井からゆっくりと降臨した。

「強い……攻撃が、通らない……！」

舞姫は苦しげに呻《うめ》く。

もう、数え切れないほどアンノウンとは斬り結んだ。

通常ならば決定打となるような会心の一太刀《ひとたち》を、一体何本入れたことか知れない。だが、アンノウンには傷一つついていなかった。

こちらの体力だけが消耗《しょうもう》していき、アンノウンの猛攻は捌《さば》ききれず、じりじりとダメージを蓄積させられ戦局は劣勢。

激しい戦いの余波により、聖堂は半壊状態なのだが、もはや舞姫とほたるもその荒廃の一部と成り果てていた。

舞姫は邪神像の祭壇に叩きつけられへたり込み、ほたるに至ってはずたぼろの腕を投げ出すような形で床に転がり、沈黙していた。不吉にも彼女の愛刀が、墓標のように傍《かたわ》らに突き立つ。

舞姫の瞳がふっと翳《かげ》る。

ほたるとならどんな敵でも倒せると思っていた。二人なら世界を救えると思っていた。

しかし舞姫のその思い上がりを、アンノウンはあっさりと打ち砕いた。

負けるかもしれない。負けたらどうなるんだろう――すでに舞姫の頭の中は、敗色に染まりつつあった。

が、それを塗り替えたのは、風が運んできた聖歌。

邪神にまつろわぬ天使の歌声。

舞姫ははっとし、顔を上げた。その清澄《せいちょう》な旋律に耳を澄ませた。

「……カナちゃんの、唄《うた》が聞こえる……」

どういう経緯《けいい》で歌っているのかはわからない。

けれど、どういう想いで歌っているのかは如実《にょじつ》に伝わってくる。

ならば、それに応《こた》えるのが天河《てんかわ》舞姫。

「……そうだね。こんなところでやられたら、〝幸せな世界〟なんて作れっこないよね！」

頷《うなず》き、大剣を杖《つえ》に、舞姫は立ち上がった。

「いくよ、ほたるちゃん！」

舞姫は力強くその名を叫ぶ。

「……心得た！」

舞姫がそうであるように、ほたるもまた満身創痍《まんしんそうい》を押して立ち上がっていた。血まみれの両腕をだらりと垂らし、されど眼光は猛禽《もうきん》めいた気迫を湛《たた》え、アンノウンの背を射貫《いぬ》く。

舞姫はアンノウンと正面切って対峙《たいじ》し、剣を脇構えに腰を落とした。と、同時に煌々《こうこう》たる光の奔流《ほんりゅう》が、舞姫を中心に渦を巻く。

それに不穏を覚えたか、アンノウンが不可視の触手を走らせた。

その数は無数。密にして疾風《しっぷう》の如《ごと》き猛襲。

命気《オーラ》の錬成に集中する舞姫は、隙《すき》だらけで防ぎも躱《かわ》しもしない。

しかし、舞姫が守りを捨てたのは、偏《ひとえ》に友への信頼ゆえ。

「とらせん!」

勇ましく吼《ほ》えたその口で、ほたるは床に突き立った愛刀を咥《くわ》えた。両腕が使えぬのなら口があると、柄《つか》を噛み、床から引き抜いて駆ける。

この身すべてを剣となし、この命すべてを刀となす。

夜空に輝く星の如く、暗い世界を照らす光明《こうみよう》となるように。

そしてその刃《やいば》の煌《きら》めきは、人類の仇敵《きゆうてき》の凶兆となるように。

彼女にそう誓った。彼女にそうあれかしと希《こいね》がわれた。

——故に、その刀の銘は〝輝天蛍螢惑舞姫〟。

ほたるは全身を使い、全身を軸に、咥えた刀で螺旋《らせん》を描いた。すると、それと刹那《せつな》の時差もなく、宙を奔《はし》る螺旋状の銀閃《ぎんせん》、斬撃。アンノウンの攻撃は全て、これに巻き込まれ、切り払われた。

驚愕《きようがく》か、動揺か、アンノウンは一瞬、硬直する。

こと高次元に展開するこの戦いにおいて、それは致命的な一瞬だった。

ぐんと、舞姫が大きく踏み込む。

けぶる燐光《りんこう》が残像の尾を引いた。

莫大《ばくだい》な命気《オーラ》が大剣を依代《よりしろ》に収束する。溢《あふ》れ出す命の輝きに満ちて、刀身はその姿を変える。

パキパキと破砕音を立て、されどその剣は折れることも朽《く》ちることもせず、ヒトの希望そのままに、分かたれた刀身を繋《つな》ぎ止め、さらに巨大な命気の刃《やいば》を生み出していた。

眩《まばゆ》き光の剣を、救世主は握りしめる。

「りゃあああああああああ！」

気合一閃、舞姫は一条の閃光となって駆けだし、その聖剣を振りかざした。

そして、世界は光に包まれる。

×　×　×

眩い光は微睡《まどろみ》に似ていた。

だから、彼女の瞳は夢の如き幻を見る。それが過去の残滓《ざんし》であることに気づくのに寸時とかからなかった。

一度たりとも忘れたことのない記憶はありありと蘇り、眼前の少女の姿とぴたりと重なる。

あの時はあんなにも小さかったのに、と彼女は笑みをこぼした。

爽《さわ》やかな潮風が吹く公園で、ベンチに並んで座ると、少女の頭は自分の胸より下だった。けれど、その志が大きくて、やはり微笑んだことを覚えている。

「──そう……。それが舞姫の夢なのね」

「うん！　みていた夢で、しょうらいの夢。あいりさんは、なにか夢あるの？」

「そうね……。私は、自分の子供がほしいかな」

「おおー！　それってぐとくさんとの？」

きらきらと瞳を輝かせて前のめりになる姿が可愛くて、ついその頭を撫でてしまった。

「そうね……そうなれば一番いいんだけど。……出来れば自分の人生に満足が出来る死に方がしたい、かな……」

けれど、それが叶わぬ夢だとわかっているから、彼女の声音はどうしても寂しいものになってしまう。だから、これだけはせめてと、そんな祈りを込めて、彼女は遠く、海へと視線をやった。

すると、傍らで困ったような声がする。見れば少女は悲しそうな顔をしている。何かひどいことを言ってしまったのだろうかと、今度は自分が困惑《こんわく》してしまった。

「よくわかんないけど……どうすれば満足できるの？」

うーっと唸《うな》っていた少女はそんなことを言った。まるで自分がどうにかしてみせるからと、そう言わんばかりだ。

その強さと優しさが嬉しくて誇らしくて、彼女はその想いに見合うだけのものをきちんと返そうとできる限り真摯《しんし》に、ちゃんと伝わるように言葉を選んで口にした。

「そうね……いつか親になって、子供のために死ねたら満足かしら……」

「やっぱりよくわかんない」

それでも未だ幼い少女には難しいらしかった。けれど、優しくて聡明《そうめい》なこの少女はいつか理解するだろう。

いつか来るであろうその時を想って、彼女は少女の肩を抱き寄せる。

「この世界の生き物は素敵だわ。まったく別の二人が出会って、新しい生命を生み出して次へと繋げていく……私もそんな風に、自分の子供を見守っていけたら……——」

生き汚くて醜悪な正体不明のバケモノが、命のカタチさえ忘れてしまった異次元の亡者が、愛を知らない悲しい獣が、そんなことを願《いと》うのは許されないと思っていた。

泣きたくなるほど懐かしく、温かく、愛おしい記憶。

それを、胸の内にそっと秘めたまま。

彼女は、その剣を、ぎゅっと抱きしめるように受け入れた。

×　×　×

瞼《まぶた》を灼《や》くほどの光の奔流。そして瓦礫を巻き上げた爆風が消えると、あたりにはもうもうと砂煙が立ち上った。

それが晴れてきて、ようやくほたるは呼吸することを思い出す。

「やっ……た？」

そう呟くものの、どこか半信半疑といった様子だった。

そして、それは舞姫も同様だ。

確かに命気《オーラ》の刃はアンノウンを貫き、その体はさらさらと砂のように崩れ落ちていった。その感触もまだ手に残っている。

決着は明らかだ。

なのに、自分たちが勝ったという実感が、なぜか今ひとつ湧かない。

そんな妙な気持ちに舞姫は戸惑《とまど》った。

けれど、何より舞姫を戸惑わせたのは、その最期《さいご》の瞬間だった。

アンノウンは、崩れ去るその間際《まぎわ》、触れるか触れないかという繊細な手つきで、舞姫の頭をそっと撫でたのだ。

あの懐かしさすら覚える感覚に、舞姫は脚が震えた。「……あ」と気づきかけ、訝《いぶか》しんでも、それでもけして剣を止めることができなかった事実に彼女は震えたのだ。

舞姫は未だ身じろぎひとつできず、呆然としている。

「ヒメ！　大丈夫？」

心配して歩み寄ってきたほたるに声をかけられて、ようやく舞姫の硬直は解けた。

「うん、なんとか――」

そう言って微笑みを返し、振り向く。

その時、視界に鈍《にぶ》い輝きを放つものを見つけた。見つけてしまった。

長椅子の陰で光っているものに、舞姫は表情を強張《こわば》らせる。

「…………」

「ヒメ？」

舞姫の異変に気付かないほたるではなく、そっと問いかける。

しかし舞姫は小さく首を振って、明朗な笑みを取り戻す。

「……ううん、何でもない！　戻ろうほたるちゃん！　コールドスリープしてるみんなを助けないと！」

「……ああ」

舞姫が何かを隠していることは察したが、ほたるはあえて追及しなかった。

舞姫としても、今はそれが一番ありがたかった。

ちらりと、舞姫は再び長椅子の陰に視線を流す。

そこに落ちていたのは、舞姫の祖父の形見の懐中時計。失くしてはいけないからと、世界で一番信頼できる人に預けておいたもの。特注品で、この世にたった一つだけのものだ。

それが何を意味するのか、舞姫は理解した。

否、本当はわかっていた。

あの決着の瞬間に、あの優しい手が触れた時に。

けれど、涙は流れない。流さない。そんな誰かを悼《いた》むふりで、自分を慰《なぐさ》める行為にすりかえてしまうのは間違っている。

このことは、全部が済んで落ち着いてから、ほたるに話そうと思う。

——彼女が願った悲しい祈りについて。

×　×　×

朱雀と朝凪、熾烈《しれつ》な命気《オーラ》の鍔迫《つばぜ》り合いにも、決着の刻《とき》が訪れる。

フロア全体が揺れていた。その激しい鳴動と、ゲートの蠕動《ぜんどう》を見やり、朝凪は一度だけ目を閉じた。

——世界一つ救えないようじゃ、惚《ほ》れた女も守れない……か。なるほどな……。結局、俺はどちらもできなかったわけだ。

その独白は、朱雀の放つ重力波に遮《さえぎ》られて、けして誰にも届かない。

「ったく……カッケーことばかり言いやがって。……壱弥《いちや》」

朱雀の重力波に押されながら、ふと朝凪は笑みを零《こぼ》した。

油断や余裕の表れではない。

それは惜別であり、哀切の発露《はつろ》であった。

「……今、愛離《あいり》が死んだ」

「なっ!?」

朝凪の言葉に不意を突かれ、朱雀は少なからず動揺した。だが、朱雀のそんな反応は朝凪の瞳には映っていない。

ただ、次元掘削ホールへと視線をやり、それが縮退《しゅくたい》を始める様を見つめていた。

「ゲートは崩壊し、じきに彼女自身たるこの管理局もぶっ壊れる。巻き込まれたくなければさっさと逃げるんだな。……お前たちの勝ちだ」

穏やかで、優しい、敗北宣言。

その言に偽《いつわ》りはなく、ふっと、嘘のように、朝凪の命気が霧散《むさん》した。

そして、彼の言葉通り、管理局は崩落を始める。床が軋《きし》み、壁に罅《ひび》が走る。地響きを立てて、ぐらりと、建屋全体が大きく揺れた。

「朝凪！」

朱雀がそう呼びかけた時には、彼岸《ひがん》と此岸《しがん》分けるがごとく、両者の間に深い亀裂が生まれている。それを朝凪は満足げに見ていた。

「――ふざけるなッ！　それが……お前の目的か。これが、おまえの望んだ結末か！　なぜ、別の道を！　……ふたりで生きる道を、選ばないんだ……」

朱雀の胸中に渦巻くのは怒りだった。まるで納得がいかない。それほどの力があり、それだけの優しさが、愛がありながら、どうしてこんな結末になるのか、朱雀はそれがわからない。

睨《にら》みつけてくる朱雀に、朝凪はもはやまともに動かない肩を無理やりに竦《すく》めてみせる。

「無茶言ってくれるなよ。どれだけ愛そうと、越えられない壁というものはある。……でもまぁ、そうだな。お前たちなら、俺みたいにはならないだろうさ」

朝凪は悲しそうに笑いながら、そう口にした。自分が戯《たわむ》れにした問いかけに、きちんと答えた朱雀の回答に答え合わせをしてやる。きっと朝凪求得《ぐとく》が朱雀壱弥に教えられる最後のことだ。

「…………」

だから朱雀は言いかけた言葉を飲み込んで、悔しげに浅く唇を噛んで、それからようやく声を出した。

「当然だ。お前とは……見ている世界が違うんだ」

「ははっ……違いない」

朝凪は悲しげに笑った。眩しいものを見るように眼を細めて呟く。聞きたかった言葉を聞き、見たかった姿を目にした。そして、誇るように胸を張るように天を仰ぐ。

一際《ひときわ》大きく、建物が震動し、崩落は加速していく。ゲートは暴走状態に入ったのか、辺りのものを巻き込んで消滅し始めている。轟々《ごうごう》と逆巻く風に、まともに立つこともままならず、目を開けていることすら難しい。

その乱流に朝凪の体が揺らぐ。もはや足元はいつ崩れ落ちてもおかしくない。

「くっ、……来い、朝凪！」

朝凪に朱雀が手を伸ばした。摑みさえすれば朱雀ならば飛べる。どんな嵐の中だって救えるはずだ。けれど、朝凪はそれに手を振った。

「悪いがそいつはできない相談だ。死に場所は、女神様の膝枕の上って決めてるんでね」

別れの言葉は瓦礫《がれき》が降り注ぐ音の中に掻き消える。もうもうと立ち上る煙と激しい衝撃に朱雀が目を閉じた。

「待て、朝凪――」

再び瞼を開けた時には、朝凪の姿は既にない。後にはただ巨大な奈落《ならく》があるばかりだ。

「……くっ」

歯噛みする朱雀の背を見ながら、霞は大きく息を吐いた。

……じゃあな、朝凪のオッサン。胸中でだけ別れを告げる。

その吐息には一抹《いちまつ》の寂しさが滲んでいた。あるいは、誰よりも霞こそが朝凪に共感していたのかもしれない。朱雀にはついぞ理解できなかったようだが、霞には朝凪の在り方が我がことのように理解できた。

比翼《ひよく》の鳥が半身を失ってしまえば飛ぶことはできない。共に生きることが叶わぬならせめてともに死ねたらと、そう思う気持ちも、その愛の在り方も理解ができた。

――まぁ、でも、翼なくして空駆ける雀と羽ばたけない金糸雀《カナリア》って例もあるしな……。

自分はきっと朝凪求得と同じ答えを選びはしないだろう。

少なくとも、あの声が自分を呼ぶうちは。

「お兄《に》ぃ！　大丈夫!?」

そう大声で呼ばわって、明日葉《あすは》が駆け込んでくる。真っ先に霞のもとへ行くと、ぼろぼろになった兄に飛びついた。

それからようやく周囲の様子に思い至る。

朝凪の姿はそこになく、壁面には巨大な風穴が開いており、フロアの奥は跡形もなく崩れ落ちている。朱雀がそれをどこか遣る瀬《やせ》無《な》い眼差《まなざ》しで眺めているのを見て、明日葉は決着を悟った。

ひとまずこちらも無事ではあるようだ。明日葉はほっと胸を撫で下ろす。

すると朱雀が千種兄妹を振り返り、気を抜かずに言った。

「脱出するぞ。天河たちへの連絡は任せる」

言うや重力の風に乗って、朱雀は屋上、カナリアのほうへと飛んでいく。

「お兄ぃ、脱出って……」

「管理局が崩壊するって」

「は？」

だしぬけに言われた言葉にぎょっとする明日葉。確かに、先程から妙にパラパラと、砂礫《されき》のようなものが天井から降り注いではいた。

ちらと次元掘削ホールを見やれば、その黒々とした闇は膨張したり収縮したりを繰り返し、今にも爆発するか消滅するかしそうな様子だ。どちらにしたって、この建物が無事であるはずがない。

「俺たちも急ぐぞ」

「…………」

こくりと頷いて、明日葉は霞に肩を貸す。

急がなきゃ。そう思っているのに、我知らず、明日葉は今しがた自分がやってきたほうを振り返っていた。

ここが崩れるならば、階下にいる者は、気を失って動けずにいる者はどうなるのだろうと、逡巡した。

それを察したのか、霞は肩をすくめる。

「……急げば間に合うだろ」

それが霞なりの気遣《きづか》いだなんて明日葉でなければわからない。明日葉にしか通じないなんてこと霞にもわかっている。

これまでも、これからも、ずっとそうだ。

千種霞はきっとこうして千種明日葉と生きていく。

比翼の鳥ではないけれど、連理《れんり》の枝ではあるのだから。

×　×　×

ヨハネス軍旗艦《きかん》がさいたま管理局における膨大なエネルギー反応を観測した、その直後のことだった。

「戦闘中のアンノウンの反応が消滅していきます！　次元掘削ホールが機能を停止しました！」

オペレーターが興奮して叫んだ。索敵《さくてき》レーダーに灯《とも》る赤い光点が、どんどんその数を減らしていく。そして現に戦場に立つ者たちは、データ上ではなく、自分たちの目でその光景を見守っていた。

「おお！」

黄色いどよめきが三都市の生徒たちに広がる。

「アンノウンが!?」

「これって……」

陸に蠢《うごめ》き、海に潜《ひそ》んで、空を覆っていたアンノウンの大群が、引き潮のように一斉に消えていく。次元掘削ホールから今まさに出撃しかけていたアンノウンたちも、薄れゆくゲートの向こう側へとその行方《ゆくえ》をくらませた。

「ふうーッ」

副司令官は盛大に安堵の溜息を吐《つ》いて、治療室の夜羽《よはね》もベッドの上でにんまりと笑う。

戦場の全域で交わされる、固い握手に熱い抱擁《ほうよう》。

誰もが解放に歓呼し、達成に涙し、戦友の無事を祝い、亡き戦友へ追悼《ついとう》を捧げ──それら万感の思いが渦を巻き、勝ち鬨《どき》として大気を震わせた。

×　×　×

「にょわーッ！」

間の抜けた悲鳴を上げながら、カナリアは階段を駆け下りる。

背後から迫るのは不吉な崩落音──カナリアが通ったそばから、階段がボロボロと崩れ落ちていくのだ。

奈落の底へ消えてゆく瓦礫──同じ末路を辿ってなるものかと、一生懸命カナリアは走った。せっせと足を動かした。ちゃっちゃかちゃっちゃかちゃっちゃか右足左足と送り出した。

その足がやがて、スカスカと空《くう》を切っていることに気付いた。

「……はれ？」

足元を見れば、そこにはすでに階段がなく、奈落が大きな口を開けていた。

「はわーッ！」

重力に引かれ、カナリアは真っ逆さまに落ちていく。

しかし、突如急制動が掛かり、重力に逆らって上昇に転じた。

落ちたり飛んだりで「きゅー」とカナリアは目を回す。

その耳元に、「まったく……」と呆れ声がかかった。

「いっちゃん⁉」

気づけばカナリアは壱弥に抱きかかえられていたのだった。いわゆるひとつのお姫様抱っこ体勢だった。

「千種妹を追ってったと思ったらあんなところで……」

「あはははは……」

呆れ果てた様子で言う朱雀に、カナリアはごまかし笑いを浮かべるしかない。

朱雀の視線は相変わらずカナリアにじっと注がれている。

その真剣な、ともすれば鋭いくらいの視線を受けて、カナリアはだらだらっと冷や汗を流す。

自分が役立たずだった自覚は大いにある。またバカとかバカナリアとか叱《しか》られてしまうのかと
カナリアは身を縮こまらせた。

だが、朱雀はぽつりと、違うことを呟く。

「……歌」

「えっ？」

なんのことかと思ってカナリアが問い返す。そして、問い返してから、しまった！　と思った。こういう時、朱雀はだいたいいつも怒るか、誤魔化すか、怒って誤魔化してしまうのだ。いっちゃんはきっと大事なことを伝えてくれようとしているのにわたしはなんてミスを！　おお神よ！　とカナリアははわはわ祈り、誰とも知れない相手に許しを請《こ》う。

だが、朱雀はそんなカナリアの姿を見ても、今度は呆れたりしなかった。ただ、そうやっていつもカナリアを誤解させてしまっていたことに気づく。

だから、ちゃんと言わないと、とそう決めて。

「お前の歌――きちんと届いた」

頰を緩めて、優しい眼差しを腕の中のカナリアへ注いだ。これが正しい言葉かなんてわからない。飾りけもないし、しゃれてもいない。でも、ふざけてもひねくれてもいない。正真正銘、朱雀壱弥の言葉を伝えた。

思わず、カナリアは朱雀の顔を見入ってしまった。

そこにある笑顔は、いつかのいつか、あの真っ赤な日に泣きじゃくっていた少年を抱きしめて、返してもらった大切な笑顔によく似ている。

何もできないと思っていた。何をしても意味がないと思っていた。それでも何かをしてあげたかった。

届いた。初めて届いた。一番届けたかった人に。

だから、カナリアも最高の笑顔で応える。困ってなんかいない。人は嬉しい時や愛しい時にこんなにも晴れやかに笑えるのだと、思い出した。

「うん！」

そうして、比翼の鳥は空を駆ける。

やがて、深い穴を抜けて、二人は管理局の対岸へと降り立った。そこには霞と明日葉が既にいる。霞はお姫様抱っこしている朱雀に、皮肉げな笑みを浮かべ、明日葉は明日葉でほーんとどこか感心したような眼差しを向けていた。

それがなんだかむず痒くて、朱雀はカナリアをやや乱暴におろす。すると、その拍子《ひょうし》にお尻を打ってしまったカナリアがあうあう言って、お尻をさすりながら立ち上がる。

「危なかったね……」

「そういえば、おヒメちんとほたるんは？」

実際、確かに危険な脱出劇だった。明日葉はカナリアの言に頷きを返すと、周囲をきょろきょろと見回す。

すると、地面に落ちるなびく外套《がいとう》の影を見つけた。

見上げれば、瓦礫の山の一番上に、ほたるに肩を貸された舞姫が立っている。

「みんな、無事だったんだね！」

弾けるような笑顔でそう言うと、ずささーっと瓦礫の山を滑りながら舞姫が下りてきた。ほたるはそれをはらはらと見守りながらついてくる。

「ひぃちゃん！」

カナリアが舞姫をひしっと抱き留めると、舞姫はくすぐったそうに笑う。

朱雀は全員が揃ったことを確かめようとそれぞれに視線を注いだ。

と、その時、一際大きな崩落音が響いた。自然、誰もが目を向けた。

さいたま管理局が地を揺らし、音を立てて崩れ落ちていく。アンノウンの牙城《がじょう》であると同時に、三都市の全生徒の古巣でもあった場所だ。それを対岸から眺める一同の眼差しは、複雑である。

ことに舞姫の表情はすぐれない。

「すざくん、青生《あおい》ちゃんは……」

舞姫が、辺りをキョロキョロと見渡しながら尋ねる。けれど、いくら探しても青生の姿だけが見当たらない。その声音にはどこか恐れにも似た色が滲んでいた。

「……行っちまったよ」

答えたのは霞だった。

明日葉と霞が、青生のいた場所へ寄ったとき、既にその姿はなかった。霞の〈世界〉で周辺を探ってみても、近くに潜《ひそ》んでいる様子も見受けられなかった。であれば、青生はどこかへと移動したのだろう。

それきり霞は押し黙り、その傍らで明日葉は沈痛な面持ちで俯いている。

青生の身に何が起きたのか、青生がどのような道を選んだのか、二人の表情から推《お》し量《はか》れ、舞姫もそれ以上は聞かなかった。ただぐっと、強く拳を握る。それを見たほたるも一瞬悲痛に顔を歪める。

「……子供たちは無事だ」

せめてもの慰め、というわけではないのだろう。淡々とした報告としてほたるはそう告げる。

だが、短い言葉の端々《はしばし》にも遣る瀬無さは滲んでいた。

「そうか……。アンノウンのゲートは破壊した。眠っていた子供たちは取り戻した。関東は解放された。俺たちの勝利だ……」

朱雀が述べた勝利宣言はしかし、やはり虚《むな》しく、そして切ない。

さいたま管理局の最期を看取《みと》る静寂は、残された者たちの黙禱《もくとう》であった。

×　　×　　×

崩れさった聖堂はいっそ幻想的ですらあった。激しい戦いの残滓である細かな埃《ほこり》が、降り注ぐ陽光に煌めき、あたりを柔らかな光で包んでいる。

既に空はもとの、三十年前の青さを取り戻している。かつて紅蓮に染め、光の在り方すら歪めた世界は去ってしまった。

その夢の跡を、朝凪求得は傷ついた体を引きずるようにして歩いていた。

そしてその直中《ただなか》にあった異形の亡骸を見て、目を見開く。

「……綺麗だよ、愛離」

風に吹かれれば容易《たやす》く塵《ちり》へと変わりそうなほどに薄れかかったその存在。他の者の目にどう映るかは知らない。だが、朝凪求得の世界では出会ったときからずっと変わらず、彼女は美しかった。

朝凪は亡骸に寄り添い、そっと口づける。これまでだって言葉で愛を囁き、行動で愛を伝えてきた。けれど、あまりに違う存在の彼女にそれがちゃんと伝わったのか、本当に受け入れられてきたのかまではわからない。畢竟《ひっきょう》、すべては主観に根差す。それを完璧に理解しあうことなどできただろうか。

それでも、男は、たとえ一方的であったとしても、変わらずに伝え続けるのだ。

——愛離、お前は満足できたかい？

その問いかけに答えが返ってくることはない。

後にはただ風の吹く音だけがする。ただ一切は過ぎてゆく。

と、そこに足音が混じった。

「朝凪さん……」

「なっ！　青生、なぜここに……」

振り向くと、髪は乱れ、制服は擦《す》り切れ、あちこちに血が滲み、脚を引きずりながらやってきた青生の姿がある。

瞳に涙を浮かべた青生は堪《こら》え切れないように、二人へと駆けだした。そして、寄り添い微笑む。

「わかりますよ。だって……」

「……ああ、そうか」

言われてみれば当然だ。青生は朝凪と夕浪と、多くの時間を共にしてきた。仕事柄二人に帯同することも多かった。いつだってついてこようとしてきた。なにより、聡明な彼女のことだ。自分たちが最期の場所にどこを選ぶかなんて、考えればわかることなのだろう。

青生はそっと夕浪の亡骸に触れる。そして、もう片方の手で朝凪に触れた。

その行為の意図を朝凪は測りかねた。だが、青生から命気《オーラ》の脈動を感じた瞬間に、理解した。

八重垣《やえがき》青生の〈世界〉。イメージの共有化、心を通わせる〈世界〉。

青生の〈世界〉を媒介《ばいかい》として、朝凪の脳裏には夕浪愛離の姿が浮かぶ。夕浪は優しく、聖母のように微笑んで、その両の腕を大きく広げると、朝凪と青生を抱きすくめた。

「愛離……」

「お母さん……」

それは幸せな夢だ。泡沫《うたかた》の夢だ。白昼夢のような幻だ。夕浪愛離の死が覆《くつがえ》ることはない。

けれど、その想いは真実、この世界に刻まれた現実だ。

「よかったな、愛離。──娘ができたぞ」

朝凪は青生の頭を撫でると、夕浪の体もろともそのまま抱きしめる。

その頭上に多量の瓦礫が降り注ぎ、地盤を支えていた軀体《くたい》が軋んだ。立ち込める砂煙と響き渡る轟音。

父と母と娘の姿は、巻き上がる砂煙の向こうへと消えた。

×　×　×

空も海も、風さえも、青く澄み渡っていた。

寄せては返す千重波《ちえなみ》は、しとやかなレース模様を描き、そのささめきも耳に心地良い。

戦禍《せんか》の爪痕《つめあと》が生々しく残る、湾岸の水没都市すらが、今や退廃的なオブジェのようだ。

終戦とは、かくも世界の見え方を変えるらしい。

そんな平穏な景勝《けいしょう》に溶け込むように、ヨハネス軍の旗艦が東京湾に停泊していた。

物騒にもアンノウン絶対殺す砲が依然剝き出しのままだが、その砲身には『臨時南関東支配管理局』と書かれた垂れ幕が、呑気《のんき》にもぶら下がっている。

そしてその医療室では、夜羽が朱雀とカナリアを招き、その労をねぎらっていた。

「ご苦労様です。あとはこちらに任せて、あなたたちは本物の人間の地に帰還してください。みんなが関東解放の英雄を待っていますよ。もちろんあなた方のご両親も」

容態も安定したのか、夜羽はベッドから上体を起こしている。おかげで朱雀との視線も近い高さで合っている。だが、朱雀はそっと視線を逸らした。

「本物の人間、か。未だに〈世界〉を持った俺たちを本当に〝人間〟と言っていいのやら」

「いっちゃん！」

朱雀が吐き捨てるように口にした言葉に剣呑《けんのん》な雰囲気を感じ取って、カナリアは慌ててそれを諫《いさ》めた。

だが、夜羽がその態度を咎《とが》めることはない。この手の皮肉げな言い方には慣れてしまっていた。だが、優しく微笑むと、諭《さと》すように続けた。

「何を言ってるんですか。わたしが下々《しもじも》の人間より優れているのと同じく、それはただの個性に過ぎません。人間とは、心の在り方なのですから。あなた方は紛《まぎ》れもなくわたしたちの子供たちです」

「…………」

少なからず、夜羽の弁は朱雀の胸に響く。

人間とは心の在り方——奇《く》しくもそれは、朝凪が口にしていたのと同じ言葉だ。

ならば、信憑性《しんぴょうせい》はあるのではなかろうか。千種夜羽自身のことはまったくもって信用ならないが、それでも人の親だ。それも千種霞と千種明日葉の母親だ。二人の発言はいつも捻《ひね》くれていたり言葉が足りなかったりするが、それでも、いつだって真実を伝えていたことを思い出す。

なら、信じよう。朝凪求得が遺《のこ》してくれた言葉を。

そう思い直して、朱雀は「冗談だ」と、前言撤回するように頭を振った。しかし、すぐにこう続ける。

「だがまだここを離れる訳にはいかない」

「なぜです？」

「ここは俺たちの街だ。両親に会うにしてもまずは街の復興を終えてからだ。こんな惨状のままにしていたら東京首席の名が泣くだろう」

「もうアンノウンの作ったランキングに縛られなくとも……」

そう夜羽は言いかけて、はわっと口を押さえた。

「もしかしてわたし、無粋《ぶすい》なこと言おうとしてます？」

「あははは」

と、朱雀の翻訳担当カナリアが肯定的に笑う。それに朱雀は「さあな」と肩を竦めて、照れたように顔を背けた。

その視線の先、うずうずとこちらを窺《うかが》っている様子の者がいる。が、耐えかねたのか、たっと室内へ足を踏み入れた。

「お母さんっ」

「あらあら。いらっしゃーい」

声音と足取りを弾ませて、明日葉がぱたぱたと入ってくる。千種明日葉とはこんなにも人懐こい印象だったかと、意外な一面に朱雀は面食らう。

「ほらお兄ちゃん早くー」

「はいはい」

そして後から、霞ものそのそと入ってきた。

いつもの仏頂面《ぶっちょうづら》とも笑みとも言えない、なんとも微妙な表情で、心なしか背中も丸めているように見える。

それを横目にしながら、朱雀はカナリアとともにその場を後にした。

家族水入らずの団欒《だんらん》に水を差すほど、朱雀も野暮《やぼ》ではない。

けれど、去り際に霞に向けて、からかうような視線を投げる。それに霞は舌打ち交じりで軽い頷きを返した。謝意のつもりなのだろうかと朱雀は受け取って、ふふんと晴れやかな笑みで出ていった。

霞としては謝意ではなく、ただのシャイだ。母親といる姿を同年代の友人に見られるのはどこか恥ずかしい。

朱雀たちが去ってからようやく霞は夜羽のベッドわきに腰かける。明日葉は既に夜羽へとべったりくっついていた。あれだよなー、猫って何か知んないけど母親にばっかり懐くよね、俺が近づくと逃げるのに……と、大昔に飼っていた猫のことを思い出す。

「おかえりなさい……」

「……うん、ただいま」

夜羽は明日葉の頭を愛おしげに撫で、明日葉もそっと瞼を閉じ、しっとりと呟く。そのわずかなやりとりだけで、長きにわたる別離の時間は融《と》け去っていくようだった。そんな母娘《おやこ》の姿に霞が目を細めていると、夜羽はにこっと霞に微笑みかける。

「霞君も、おかえりなさい」

「ん、あー。お疲れ」

なんと言うべきか少し悩んで、霞はそんな風に言った。すると、夜羽がぷくーっとふくれっ面《つら》になる。

「はぁ、挨拶《あいさつ》はちゃんとするように教えたはずなのに……」

「いやいやうちの組織じゃこれが挨拶なの。朝でも夜でも『おはようございます』って言っておはようからおはようまで働くの。で、戻ってきたときは『お疲れ様です』なんだよ」

適当ぶっこく霞に夜羽がはてと首をひねる。そして膝でごろごろ言っている明日葉に問いかけた。

「そうなんですか?」

「お兄《に》ぃはね。ていうかお兄ぃだけがね」

「そうなんだよなぁ……、俺だけが働いてるんだよなぁ……」

その呟き声には哀愁《あいしゅう》が漂っている。連日連夜の戦後処理に追われているのも無論霞だ。そんな霞を哀《あわ》れに思ったか、夜羽はこほんと咳払い。

「まぁ、でももうそんなブラックな環境で働く必要もないいんじゃないですか? というわけで、ようこそヨハネス軍へ!」

「もっとブラックな予感しかしないんだよなぁ……。ていうか、さらっと跡、継がせようとするのやめてくれません?」

「でも、若い人が活躍する風通しの良い誰もが輝けるアットホームな職場ですよ?」

「それ千葉でもよく言ってるんだけど……」

夜羽の並べ立てた素敵ワードにさしもの明日葉もうわぁっと引きぎみになる。すると、さすがに明日葉に引かれるのはちょっぴり傷つくのか、夜羽のトーンがやや落ちた。

「で、でも、アットホームなのは事実ですし……」

「ただの家族経営でしょ……」

言いながら、霞はふーっと疲れた溜息を吐く。

霞自身、夜羽の言いたいことはわかっているのだ。なんのかんのと言いながら結局子供たちと離れるのが辛《つら》いと、まぁそんなところだろうとあたりをつける。

であればこそ、霞にはやらなければならないことがある。

「ていうか、家族って言うなら足りない人いるじゃん。……それ、回収してくるから」

「「は?」」

二人の声が重なった。

×　×　×

東京湾の大パノラマを悠然と臨《のぞ》む海浜公園跡地の高台に、簡素な石碑が鎮座していた。

それは墓標に他ならない。

そこに今、花束と、年季の入った懐中時計を供《そな》える二人組の姿があった。

「このお墓の下には何もないんだよね」

舞姫がふと、足元に視線を落とす。

「そうだね。でも、だからといって意味がないわけじゃない」

「……うん」

ほたるに慰められ、舞姫は顔を上げた。

なかなか割り切れないものだ。

空も海も皮肉なまでに綺麗で、二人の間をすげなく風が吹き抜ける。

しかしその風が、きゃっきゃという子供たちのはしゃぎ声を運んできた。

見れば高台の下で副司令官たちが、コールドスリープから目覚めた子供らと散歩している。

なんと和《なご》やかで、愛おしい光景だろう。

舞姫は胸をくすぐられ、頬を緩ませた。

「愛離さんは……優しかったよね」

「ああ」

「まるで本当のお母さんみたいだった」

「ああ……」

「でも困ったな。愛離さんが昔言ってた言葉の意味が、まだちょっとわからないんだ」

いつだったか、まだ幼いみぎり、ちょうどこんなよく晴れた日の公園で、夕浪とおしゃべりをしたことを思い出す。

自分の子供がほしいと、夕浪は言った。

まったく別の二人が出会って、生み出して、繋げていく――そんな、この世界の生き物は素敵だと、夕浪は微笑んだ。

大好きなみんながいるこの世界を、素敵だと思う気持ちは舞姫にもよくわかる。

けれど、出会うとか、生むとか、繋げるとか……そういう個々の営みについては、今ひとつピンとこない。舞姫の捉《とら》える世界というのは、もっと漠然《ばくぜん》としたものだ。

「わかっていけばいいよ。これから……」

「うん。そうだね」

ほたるの温かな後押しに、舞姫は頷く。

夕浪の言葉の意味をきちんと理解して、共感したいと思う。

こんなことを言う資格が自分にあるかはわからないけれど、夕浪のことが大好きだから。

自分もあんな大人になれたらと思うから――。

「……ねえ、ほたるちゃん」

「何、ヒメ」

「子供ってどーやって作るのかな」

「！！！？」

驚きのあまり咳き込むほたるを見て、「大丈夫!?　ほたるちゃん！」と舞姫はその背中を撫でさすった。

しかし、そんな変なことを言っただろうか。夕浪のようなお母さんになるには、まずそれから知る必要があると考えたのだが……大人への道のりはまだまだ遠そうだ。

うむむ、と思い悩む舞姫と、ぬおお…と煩悶《はんもん》するほたる。そこへにぎやかな足音が近づいてきた。

「うぃーっす」

おもむろに声を掛けられて、振り返り、舞姫はにこぱっと笑みを咲かせる。

「明日葉ちゃん！　かすみん、すざくん、カナちゃん！」

馴染《なじ》みの面々がお揃いで、えっちらおっちらとやってきていた。墓参りに来たのだろう。明日葉は手に花束を持っているし、朱雀もお菓子の紙袋を手に提《さ》げている。

「た、たまたま通りがかっただけだ」

問われてもいないのに、朱雀はそう言ってぷいっと顔をそむける。それに、本当に素直じゃないんだからと、カナリアが朱雀の隣で笑うと、つられて舞姫も笑った。

皆が揃って手を合わせ、しばしの黙禱を捧げる。

その静かな時間の中で、それぞれが胸中だけで言葉を紡《つむ》いだ。

一陣の風に花束が揺れ、朱雀は小さく息を吐く。

「――さてと、お前たちはこれからどうするんだ？　俺は東京のトップとしての責務を果たすが」

「私たちも同じかな。神奈川を立て直して、それから、それから……やることは大盛りだね！」

舞姫がうおーっと拳を高々と突き上げ意気込むと、ほたるが寄り添う。そして、舞姫がかすみんは？　とばかりに視線を投げかけた。

「もうここにいてもやることないしな。親離れも済ませた。好きにやるよ」

霞は小さく肩をすくめた。「引き継ぎめんどくせぇなぁ……。あれって後になってから問い合わせとか来るんだよ、もう覚えてねっつーの、資料も廃棄してるっつーの……」などと小声でぶつくさぐちぐち言っている。

明日葉は霞の顔をちらと見た。――ま、あたしも好きにやろっと。と、手の中にあるバイクの鍵《かぎ》をちゃりっと鳴らす。自分が好きなこともやりたいことも、決まっているのだ。

朱雀は霞の戯言《たわごと》を聞き、くるくるとバイクの鍵を指先で回す明日葉を見て、ふと思う。

霞の言う〝ここ〟とはどこだろう。おそらく今立っているこの場所ということではあるまい。きっと、もっと大きな範囲での〝ここ〟だ。

それが指し示す意味を充分に理解して、朱雀は霞の背中に眉根を寄せた。

「お前はいつもそうだ。自分の理屈だけで先に進んで、残される側の気持ちを考えない」

「いっちゃん!?」

口論の気配を察して、カナリアがおろおろと狼狽《うろた》えた。だが、霞は「はっ」と笑うと、半身で振り返り、いつもと変わらない片頰吊り上げた皮肉げな笑みを浮かべる。

「え、なに？　別れ話？　そういうの困るし気持ち悪いです」

「……気持ち悪いのはお前だ」

その憎まれ口に対し、朱雀は言葉ではそう返しつつも、ふっと、口元を穏やかに緩めた。

白い雲間から陽《ひ》の光が差して、二人の間に降り注ぐ。いがみ合いの空気などそこにはない。

軽口の応酬はただ穏やかな微笑を呼ぶだけだ。

カナリアは呆気にとられ、舞姫とほたるは忍び笑いする。明日葉はにやにやした笑みを霞に向けた。

これでいい、と霞は思う。

こんな形が自分たちにはきっと似合いだ。まっすぐな言葉に捻くれた答えを返して、けれどちゃんと伝わっている。

だから、それでいい。

霞はそっぽを向いて、そのまま歩き出す。その去り際、たった一言だけ告げた。

「……じゃあな」

「またな」

それに応える言葉は背中越し。

互いに交わすのは言葉のみ。

見送りのたった一瞥《いちべつ》すらない。

名残惜《なごりお》しさなどあるはずもない。

ずっと反《そ》りの合わなかった相手だ。
だから――。
互いの清々《すがすが》しい微笑に背を向けて、それぞれの道を歩き始めた。

わたしはいっちゃんが大好きです。

いっちゃんが幸せになってくれたらいいなと思います。

誰かと幸せになってくれたら、きっと心の底から嬉しくなると思います。

「ねえ、いっちゃん」

お墓参りを終えて、みんなと別れたあと。海沿いの道を歩きながら、わたしは親指と人差し指で丸をつくります。小さな窓のなかに、いっちゃんの横顔が覗きます。

「いっちゃんには今、わたしがどう見える?」

「なんだそれ。禅問答か?」

いっちゃんは呆れたように肩をそびやかしました。

「そういうんじゃないよう」

わたしもお揃いみたいに、ぷんすかと肩を持ち上げてみせます。

アンノウンとの戦いはひとまず終わりました。これから別の戦いが待っているとはいえ、わたしたちがいつまでも一緒にいる必要は、どこにもないのです。

いっちゃんの答えによっては、わたしはこの世界から退場しなければなりません。

「わたしには、いっちゃんが、大好きないっちゃんに見えているよ!」

わたしが大好きないっちゃんは、誰かと幸せになるのが一番よいのですから。

「……またおまえは、好きとかそういうことを……」

いっちゃんは妙に口ごもります。大事なことだからきちんと確認しないといけないと思うのですけど。

「ねえ、いっちゃんは？」

「…………」

「ねえねえ……」

「それは――」

いっちゃんはそっぽを向いて、唇を小さく動かしました。

それは。

わたしの知らない言葉でした。

「えっ？　なんて言ったの？」

「知らん。勝手に考えるがいい」

「もうっ！　いっちゃんてばー」

いっちゃんの背中をどれだけぱしぱし叩いても、いっちゃんは二度とその言葉を言い直そうとはしませんでした。

わたしが大好きないっちゃんは、誰かと幸せになるべきです。

でも、いっちゃんはとても優しくて、ちょっぴりトンチンカンなので、ひとりで幸せになろうとする気配が全然ありません。

だから、わたしが――しばらくいっちゃんの傍にいて。

幸せについて、教えてあげてもいいのかもしれないな、と思いました。

少し鼻がつんとします。潮騒の香りをたくさん吸いこみすぎてしまったのかもしれません。眼の奥まで、じんわりと痛くなってきました。

ぼやけた空を見上げると、三羽の鳥が飛んでいきます。

あの鳥たちは、どこへ行くのでしょうか。すぐに離れ離れになるのでしょうか。二度と逢うことはないのでしょうか。また笑って出会う日は来るのでしょうか。

わたしたちはまだ、この世界のことをなんにも知りません。

それでもわたしたちは『世界』という名の力を使い、世界を守るために戦い続けます。これは、そういうお話です。

そしてこれから。
この世界について――そして幸せについて、もっともっと知っていくのです。

エピローグ

あとがき

こんばんは、渡航《わたりわたる》（Speakeasy）です。ご無沙汰《ぶさた》な渡航です。

怒濤《どとう》の仕事漬けの毎日を送っております。

最近気づいたんですけど、平均睡眠時間が二時間くらいの生活を半年くらい続けていると、異様に涙もろくなるものなんですね。明け方四時くらいに部屋で一人おいおい泣いてから元気よく出勤するという意味不明な生活をしていました。

別に何が悲しいというわけでもなく、殊更《ことさら》に感動したというわけでもなく、じゃあ辛《つら》いから泣くのかというとそういうわけでもなくて、ただただ急に何かがこみあげてくることがあります。なんなら辛さに関してはもう麻痺《まひ》してるまである。

涙を流すという行為それ自体の理由を考えれば、本当にいくつも理由があるのだと思います。例えば仕事が辛いとか仕事したくなさすぎて辛いとか仕事してるのに仕事しろと言われ続けて辛いとかプリキュアが「絶対にあきらめない！」と言って立ち上がる姿を見て感動したとか飯がとにかく美味《うま》かったとかなんでもないようなことが幸せだったと思っていたら悪夢のような電話が来たとか。もしくは、ただ単純に眠すぎて大きな欠伸《あくび》が出ただけとか。

時に、泣いている本人でさえその理由に思い至らないこともあります。ちなみにぼくは仕事好きですよ！　でも、仕事しろって言ってくる奴は全員殺すからそのつもりでな！　殺すぞ！

極論、理由も因果《いんが》もわからないからこそ、私たちはそれを考えようとするのだと思います。涙で滲《にじ》み、ぼやけて歪《ゆが》んだ視界で、ただただ目を凝《こ》らし、単なる現象に、あるいはその奥底に潜《ひそ》む誰かの想いに、どうせ見えないと知りつつ、どうせわからないと諦《あきら》めつつ、それでも知りたいと思うからぐしぐしと涙を拭《ぬぐ》って、唇嚙みしめて見ようとするのだと思います。

このお話はたぶんそういうお話だったのだと思います。といった感じで、『クオリディア・コード』3巻でございました。この世界はあなたにはどう見えていたでしょうか。その答えはおそらく私とは違うものなのだと思いますが、それでもどこかに一片でも輝きのあるものなら嬉しく思います。

さて、この『クオリディア・コード』というお話は、いわゆるシェア・ワールドと言われる、世界観や設定を共有してみんなが好き勝手に物語を書き散らす感じの作品群でございました。私のほか、さがら総《そう》さんと橘《たちばなこうし》公司さんの三人でごりごり物語全体を作ったよ！　てなわけで、本作の前日譚《たん》となるものがいくつか存在しております。

神奈川編『いつか世界を救うために　―クオリディア・コード―』（橘公司著。ファンタジア文庫から刊行中）。

東京編『そんな世界は壊してしまえ　―クオリディア・コード―』（さがら総著。ＭＦ文庫Ｊから刊行中）。

千葉編『どうでもいい　世界なんて　―クオリディア・コード―』（渡航著。小学館ガガガ文庫から刊行中）の三つの都市のお話が存在しております。

加えて、物語すべての前日譚にあたる『クズと金貨のクオリディア』（著・渡航&さがら総。集英社ダッシュエックス文庫刊）もあります。よはねす～。

振り返ると、かなり長い時間クオリディアっていたなーって感じです。とりあえず、まだ読んでないよって方は今だからこそある意味逆に手に取っていただけるとイエス！　ヨハネス！

ＴＶアニメ『クオリディア・コード』も放送から一年が経過しましたが、今でも「好きです！」と言ってくださる方がいらっしゃって本当に嬉しく思います。ちゃんとノベライズが出たのはみんなのおかげだぞ！　ＢＤ&ＤＶＤも発売中ですので、詳しい情報は公式ＨＰ等々でご確認いただければ幸いです。

そんな感じで以下、謝辞。

松竜《まつりゅう》様。キャラクター原案ご担当当初からお世話になっております。ありがとうございます。やっぱり千葉が～？　やっぱり千葉がナンバーワン！　うちの妹がこんなに可愛いのは当たり前だなと改めて思いました。ありがとうございます。

wingheart様。な？　千葉になるだろ？　というわけで今回も素敵な挿絵ありがとうございます。やはり千葉になっているだけあって、見ているこっちも完全に千葉になっていました。本当にありがとうございました。

担当編集山本様。いつもお世話になっております。今回は割とマジで余裕でしたね！　ガハハ！　クズ金の頃から成長しただろ？　ん？　そんなことない？　いや、うん、まぁ、余裕ではなかったですね……。ありがとうございます。

さがら総さん、橘公司さん。ひとまずお疲れ様でした。しれっとモノローグだけ書いてよとか言い出すようなクソ作家によく付き合っていただけたなとしみじみ思います。また面白おかしく楽しい仕事をみんなでやりましょう。

ＴＶアニメキャストスタッフ関係者の皆様、この作品に携《たずさ》わられたすべての皆さま。大変お世話になりました。本当に素敵で楽しい時間でした。心より厚く御礼申し上げます。

そして、最後に読者の皆様。ここまでお読みいただきまして誠にありがとうございます。『クズと金貨のクオリディア』に始まりまして、この『クオリディア・コード』３巻まで、長きにわたる本プロジェクト、最後までお付き合いいただき、ただただ感謝でございます。お手紙くださった方もありがとうございます。とっても励みになりました。応援いただいた皆様のお気持ちが非常にダイレクトに届く作品でした。本作をひっそりと本棚の片隅で末永く愛していただけたらこれに勝る幸福はございません。楽しかったなーという思いを胸に、いつかどこかで思い出話ができたら嬉しく思います。本当にありがとうございました。

といったところで紙幅も尽きましたので、このあたりで筆を擱《お》かせていただきます。

それではまたどこかでお会いしましょう！

渡　航

第一巻より本文挿画を担当させていただきました
wingheartです。最終巻までこの壮大な
シェアワールド作品に関わらせていただき
大変光栄でした。渡先生、松竜先生、
お疲れさまでした。

第三巻の個人的見どころは明日葉ちゃんに
本音をぶつける青生さんのシーンなんですが、
青生さんにお兄ちゃんを取られそうに
なって嫉妬したりする明日葉ちゃんが
見られるラブコメな優しい世界も
見たかったです（届かぬ想い）
お兄ちゃんどいて、そいつ殺せない！

お手伝いして下さったふたばさん、
ひさ夫さん、眞煎さん、征乃さん、
ありがとうございました。

ダッシュエックス文庫

クオリディア・コード3

渡 航(Speakeasy)

2017年10月30日　第1刷発行

★定価はカバーに表示してあります

発行者　鈴木晴彦
発行所　株式会社　集英社
〒101−8050　東京都千代田区一ツ橋2−5−10
03(3230)6229(編集)
03(3230)6393(販売／書店専用)　03(3230)6080(読者係)
印刷所　大日本印刷株式会社

ISBN978-4-08-631208-0 C0193

セーブ&ロードのできる宿屋さん
～カンスト転生者が宿屋で新人育成を始めたようです～
稲荷 竜
イラスト／加藤いつわ

セーブ&ロードのできる宿屋さん2
～カンスト転生者が宿屋で新人育成を始めたようです～
稲荷 竜
イラスト／加藤いつわ

セーブ&ロードのできる宿屋さん3
～カンスト転生者が宿屋で新人育成を始めたようです～
稲荷 竜
イラスト／加藤いつわ

セーブ&ロードのできる宿屋さん4
～カンスト転生者が宿屋で新人育成を始めたようです～
稲荷 竜
イラスト／加藤いつわ

「泊まれば死ななくなる宿屋がある」という噂を聞き、一軒の宿屋に辿り着いた少女ロレッタは、怪しい店主のもとで修行することに!?

今日も「死なない宿屋」は千客万来。ギルドマスターの孫も近衛兵見習いも巨乳エルフも、〝修行〟とセーブ&ロードでレベルアップ!

聖剣を修理したいドワーフ娘、仲間を助けたい元剣闘奴隷など、今日も宿屋は大賑わい! 店主アレクの秘された過去も語られる第3弾。

宿屋の主人・アレクの母親でもある「輝き＝預言者カグヤ」の語る、五百年前の英雄伝承の真実とは…? 大人気シリーズ、急展開!